KB170782

무신전기 6권

초판1쇄 펴냄 | 2018년 05월 18일

지은이 | 새벽검
발행인 | 성열관

펴낸곳 | 어울림 출판사
출판등록 / 2009년 1월 23일 제313-2009-12호
주소 / 경기도 고양시 일산동구 장항동 731 동하넥서스빌딩 307호
TEL / 031-919-0122
FAX / 031-919-0127
E-mail / 5ullim@hanmail.net

Copyright ⓒ2018 새벽검
값 8,000원

ISBN 978-89-992-4810-8 (04810)
ISBN 978-89-992-4655-5 (SET)

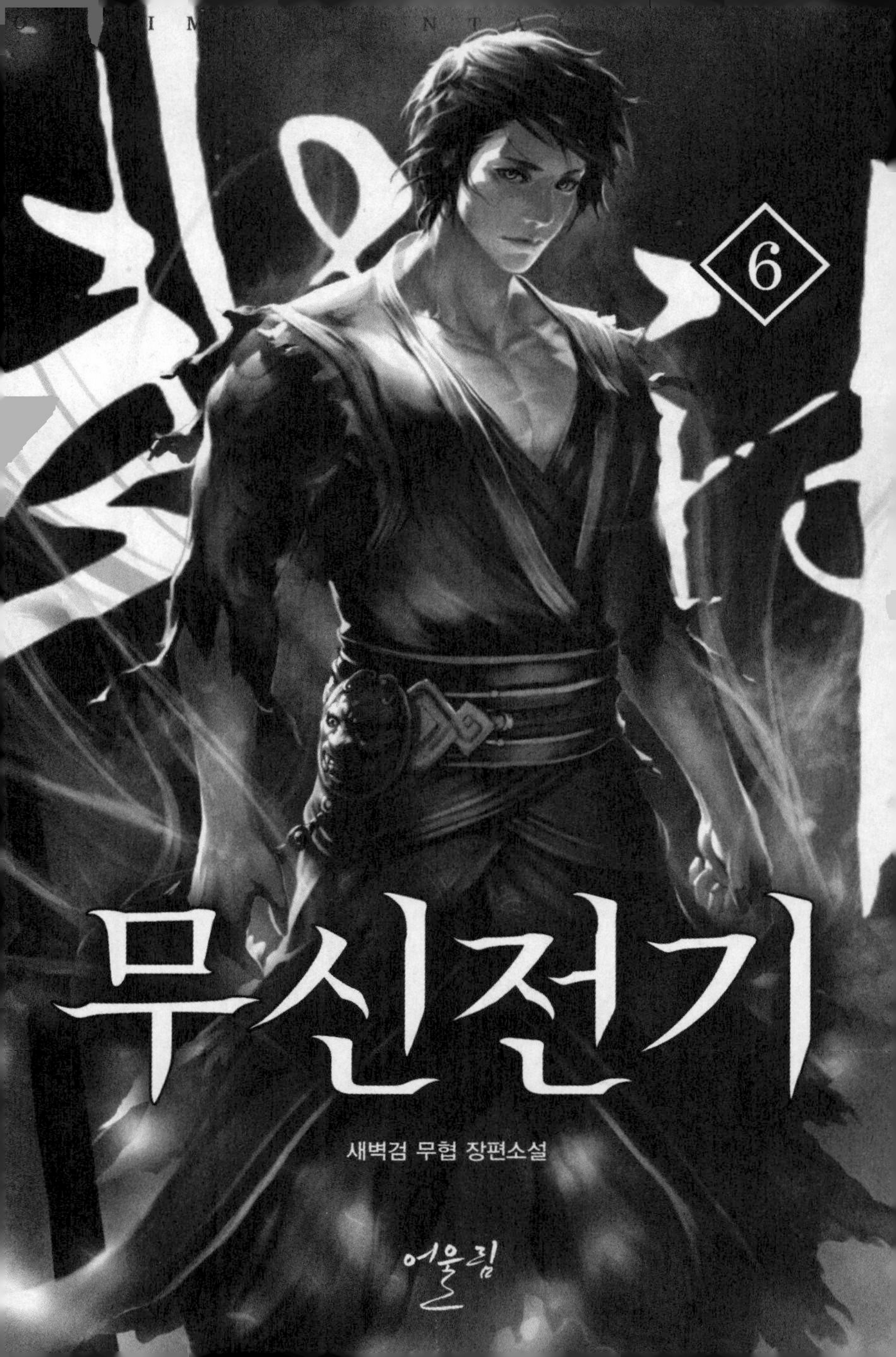
6
무신전기
새벽검 무협 장편소설
어울림

목차

마교잠입(魔教潛入)

"놈은 아직 못 찾았나?"

"죄송합니다."

한쪽 무릎을 꿇은 채 고개를 숙인 흑의인을 무심한 눈으로 내려다보던 신천우가 손으로 머리를 쓸어 올렸다.

그 역시 살면대원 스무명을 홀로 죽인 자를 쉽게 데려올 거라 생각하지 않았다.

하지만 그의 행방이나 위치 정도는 알아낼 수 있을 거라 생각했고, 위치가 파악되는 대로 사마수중 한명을 보내 잡아올 생각이었다.

"그를 쫓던 추적대가 어떻게 됐다고?"

“대부분이 발목이나 무릎이 부러진 채 쓰러져 있었다고 합니다. 게다가 자신이 어떻게 당했는지조차 알지 못한다고 합니다.”

문제는 무연이란 자를 쫓기 위해 보낸 추적대원들이 하나같이 반 불구가 되어 돌아왔다는 사실이었다.

대부분의 추적대원들이 목숨을 잃지는 않았지만 무릎이 박살나거나 발목뼈가 골절되어 돌아왔다.

기동하지 못하는 추적대원이 무슨 의미가 있겠는가.

“어처구니가 없군. 고작 한놈이다. 잡아 오라는 것도 아니고 그놈의 뒤를 쫓으라는 거였는데 그마저도 해내지 못하다니… 내 너를 너무 높게 본 모양이구나.”

신천우의 싸늘한 목소리에 마교의 추적대를 담당하던 잠혼이 머리를 바닥에 찧으며 외쳤다.

“다시 한번 기회를 주신다면 기필코 놈의 행방을 알아오겠습니다.”

“필요 없다.”

“예?”

고개를 든 잠혼이 마지막으로 본것은 거무튀튀한 신발의 밑창이었다.

퍼억—!

수박이 깨지는 듯한 소리와 함께 사람의 뇌수와 뼛조각이 살점과 함께 바닥에 흩뿌려졌다.

가볍게 내지른 발차기로 잠혼의 머리통을 깨부순 신천우

는 피와 살점 따위가 붙은 신발을 무심히 내려다보았다.
곧이어 백의를 입은 고운 여인들이 부리나케 신천우에게
다가와 그의 신발을 벗기고 물을 적신 하얀 천으로 발바닥
을 닦은 후 다시 신발을 신겨주었다.

이미 이런 일들이 비일비재 했는지 시신을 치우고 신천
우에게 새 신발을 신겨주는 과정이 상당히 능숙했다.

"내가 시킨 일은……?"

"신교 외부로도 소문을 퍼트려놨으니 설영과 담백놈의
귀에도 혼인식에 관한 이야기가 새어 들어갔을 겁니다."

"흠. 단서연과 무연이란 놈의 관계가 심상치 않으니 분
명 혼인식이 있기 전에 무슨 짓을 해서라도 신교로 침투해
올 것이다."

창가로 보이는 마교의 높은 성벽은 정사대전의 대패 속
에서도 마교를 굳건히 지켜주는 수호신과도 같은 존재였
다.

전설에나 나온다는 허공답보를 구사하지 않는 이상 정문
외에는 마교로 들어오는 길이 없었다.

그러나 신천우는 설영과 담백을 얕보지 않았다.

"설영. 그놈은 쥐새끼 같아서 분명 신교로 들어올 수단
을 생각해낼 것이다. 기대되는군, 설영."

단서연을 따르는 두명의 무인. 설영과 담백.

신천우가 단서연을 쉽게 건드릴 수 없는 이유도 바로 그
들이 있어서였다.

단서연도 마장추와 엇비슷하게 겨룰 만큼 뛰어난 무공실력을 갖추고 있었으나 설영과 담백은 단서연 이상의 실력을 가지고 있었다.

그중에서도 설영은 두뇌 회전이 빠른 데다 무공의 수준도 고강하여 신천우가 가장 껄끄럽게 여기는 자 중 한명이었다.

무연을 통해 주군이 잡혀간 소식을 듣고 가만히 있을 설영과 담백이 아니었다. 머리가 영민하니 쉽사리 모습을 드러내진 않을 테지만, 신천우는 설영이 어떤 수를 써서라도 마교로 들어올 거라 믿어 의심치 않았다.

"어서 오라고! 무연이란 놈과 함께. 그래야 내 부인에게 특별한 혼인 선물을 해주지. 하하."

* * *

한편, 신천우의 칭찬과 경계를 동시에 받고 있는 설영과 그의 옆에 서 있는 무연은 태어나 처음 겪는 악취에 인상을 찡그리고 있었다.

둘의 뒤에서 걷고 있는 담백은 도저히 못 참겠는지 물 먹인 솜을 이용해 양쪽 코를 틀어막았다. 그마저도 여의치 않은 듯 그의 미간은 좁혀질 대로 좁혀져 있었다.

"언제까지 가야 해?"

코를 막은 탓인지 코맹맹이 소리로 담백이 설영을 향해

묻자, 앞서 걸어가던 설영이 무미건조하게 대답했다.

"일다경정도 더 걸으면 될 거다."

"제기랄! 어릴 적 빠졌던 똥통보다 여기 악취가 더 심하잖아."

"그만 징징대라. 지금은 주군만 생각해."

주군인 단서연을 생각하라는 말에 담백이 입을 다물었다.

세상 거칠것 없는 담백의 유일한 약점은 바로 단서연이었다.

약 일다경의 시간이 지난 후 설영의 말대로 두개의 갈림길이 나타났다.

그중에서도 가장 심한 악취가 나는 곳은 왼쪽 길이었다. 참을성이 많은 편인 설영과 무연조차 인상을 더욱 찡그릴 정도로 심한 악취가 흘러나오고 있었다.

"여기가 그… 처리장이야?"

"그래. 알아보니 하수구가 개방되는 시간은 저녁 이후 늦은 밤이다. 우리가 이곳에 들어오기 전이 초저녁이었으니 곧 하수구가 개방되겠지."

"그나저나 신천우는 정말 주군과 혼인하려는 건가?"

신천우의 이름을 꺼내던 담백이 흥분한 듯 격해진 목소리로 물었다.

이를 듣고 있던 설영도 그 문제만큼은 무심하게 흘릴 수 없었는지 싸늘한 목소리로 대답했다.

"신교 외부에서도 혼인식에 대한 얘기로 시끄럽다. 주군은 마신이라 불리던 단각님의 손녀이고 신천우는 신교에서도 가장 영향력이 큰 자이니 자연스레 그들의 혼인 소식이 시끄러울 수밖에. 아니면……."

"우릴 유인하려고 일부러 외부로 소문을 퍼트렸거나."

담담히 설영과 담백의 얘기를 듣고 있던 무연이 입을 열어 말하자 설영이 맞다는 듯 고개를 끄덕였다.

"그래. 주군이 납거되었다는 소식을 들은 너와 내가 가만히 있을 거라 생각하지 않겠지. 어쩌면 무연의 말대로 우리를 끌어들이려는 수작일 수도 있다. 하지만 믿을만한 정보통에 의하면 정말로 혼인식을 준비하는 모양이다."

"개같은 자식! 감히 주군을… 그 새끼가 주군에게 어떤 짓을 했는데……!"

무연은 모르는 사정이 있는 듯 신천우의 얘기가 나올 때마다 담백과 설영의 눈가에 짙은 살기가 어렸다.

씩씩거리는 담백과 설영이 신천우와 단서연에 관한 얘기를 나누고 있을 때 무연이 별안간 하수구 쪽으로 고개를 돌렸다.

"문이 열리는 소리가 들리는 것 같은데."

"뭐?"

고개를 돌리며 말하는 무연의 모습에 담백이 의아한 표정으로 하수구 쪽으로 고개를 따라 돌렸다.

하지만 그의 귓가에는 아무 소리도 들리지 않았다.

"아무 소리도 안들……."

끼이이—

기분 나쁜 쇳소리가 아주 미세하게 지하를 울렸다.

소리가 들리는 순간 무연과 설영, 담백이 신형을 날렸다.

하수구에 음식물을 흘려보내는 시간이 결코 길지 않았기 때문에 빠르게 내달려야 했다.

"저쪽!"

지하의 깊은 구덩이를 헤치고 나아가던 설영이 가리킨 곳에서 방대한 양의 음식물 쓰레기가 흘러 내려오기 시작했다.

마교에서 나오는 대부분의 음식물 쓰레기가 처리되는 곳이었기 때문에 거대한 통로를 가득 메우며 내려오는 음식을 보고 담백이 인상을 찡그리며 앞으로 나섰다.

"내가 처리하지!"

앞으로 나선 담백이 두 주먹을 강하게 말아 쥐었다.

담백의 양 주먹에서 작은 회오리가 생겨나더니 검은색 기운이 주먹에 권갑의 형태를 이루며 생겨났다.

"멍청아! 이렇게 좁은 데서 멸도……."

"멸도천격(滅導天擊)!"

담백이 하려는 짓을 깨달은 설영이 급히 손짓하며 말렸다. 그러나 이미 양 주먹을 번갈아 가며 앞으로 내지르고 있었다.

그동안 내심 설영과 담백의 수준을 견식해 보고 싶었던

무연은 담백의 비장한 움직임에 좋은 기회라 생각했지만, 그 생각이 틀렸다는 것을 깨닫기에는 오랜 시간이 걸리지 않았다.

내려오는 방대한 양의 음식물 쓰레기와 담백의 검은 권기(拳氣)가 맞부딪치는 순간 거대한 폭음성이 들려왔다.

쾅─!

"젠장!"

설영이 입술을 잘근 씹으며 눈을 부릅떴다.

무연 일행이 발을 딛고 서 있는 곳은 마교의 지하 동굴이자 음식물 처리장이었다. 지하의 특성상 강한 충격을 받으면 무너질 수도 있는 위험성을 가지고 있었다.

하지만 설영이 걱정하는 것은 그것이 아니었다.

설영이 걱정하는 것은 바로…….

"담백, 이 새끼!"

"아, 이게 아니었나?"

멋쩍게 웃는 담백과 뒤에서 인상을 찡그린 설영이 하늘을 가득 메우며 날아드는 방대한 양의 음식물 쓰레기를 바라봤다.

"비켜."

설영과 담백이 자신들을 덮쳐오는 음식물 쓰레기가 만들어낸 거대한 파도에 당황하는 순간 무연이 그들을 밀치고 앞으로 나섰다.

앞으로 나선 무연은 왼발을 앞으로 뻗고 오른발에 몸의

무게를 실으며 자세를 낮춘 뒤 오른쪽으로 허리를 돌렸다.

"후우!"

무연이 왼팔을 앞으로 뻗으며 오른 주먹에 내력을 끌어올렸다. 대기가 일렁일 정도로 강한 기운이 오른 주먹에 집약되기 시작하자, 설영과 담백이 놀란 듯 무연을 바라봤다.

"뒤쳐지지 말고 따라와라."

자신을 바라보는 설영과 담백을 슥 바라보며 말한 무연이 허리를 빠르게 돌리며 주먹을 내질렀다.

'강격(强激)'

무연의 오른 주먹에서부터 생겨난 거대한 은빛 기운이 소용돌이치며 앞으로 뻗어 나갔다.

무시무시한 기세로 뻗어 나가기 시작한 강격의 기운이 음식물의 거대한 파도와 맞부딪쳤다.

스으으윽!

하지만 폭음성은 없었다.

무연의 기운이 음식물 쓰레기가 만들어낸 파도에 거대한 구멍을 만들어내며 뻗어 나갔기 때문이다.

틈이 생기는 순간, 무연이 쏜살같이 앞으로 튀어나갔고 그 뒤로 설영과 담백이 빠르게 따라붙었다.

"저기다."

음식물 쓰레기 더미를 벗어난 설영이 통로를 내달리며 앞을 가리켰다. 그가 가리킨 곳에서 짧은 빛이 새어 나오고 있었다.

그러나 빛의 크기는 점점 줄고 있었는데, 통로를 닫고 있다는 뜻이었다.

"하수구의 입구는 냄새를 막기 위해서 1척 정도 두께의 강철문으로 막아놓는다. 이대로 닫히면 다음 문이 열릴 때까지 기다려야 해."

"박살 내면 되잖아!?"

"그럴 거면 애초에 정문으로 들어왔겠지!"

설영이 답답한 듯 외치자 담백이 어금니를 강하게 깨물며 다리에 힘을 주어 통로를 박차고 앞으로 몸을 날렸다.

빛이 점점 희미해지는 순간 앞으로 몸을 던진 담백이 땅에 몸이 닿기 직전 왼발을 빠르게 뻗으며 다시 한번 통로를 박차고 개구리마냥 몸을 날렸다.

팁―!

"흐악!"

마교의 쓰레기 처리장에서 근무하던 양강은 음식물 쓰레기를 모두 흘려보낸 뒤 막 통로를 닫고 있었다.

두께가 상당히 두꺼워서 문을 닫는데 많은 시간이 소요되는데, 강철문을 거의 닫히기 직전 갑자기 굵직한 손이 튀어나온 것이다.

"끄으응!"

힘으로 강철문을 다시 열어젖힌 담백은 자리에 주저앉아 벌벌 떨고 있는 양강을 발견하고 멋쩍은 미소를 지으며 그

에게 다가갔다.

"네가 이곳 담당자냐?"

"그, 그 담당자는 아니고 근무자… 입니다."

"그렇군, 흠. 혹시 내가 이곳으로 들어온 것을 비밀로 해 줄 수 있겠느냐?"

담백의 말이 끝나기 무섭게 통로에서 두 명의 사내가 더 나타나자, 양강이 혼란스러운 듯 눈을 끔벅이며 등장한 세 남자를 돌아봤다.

설영과 담백은 마교인이었지만 언제나 단서연의 뒤에서 그녀를 보좌하는 역할을 했기에 마교내에서도 인지도가 크게 떨어지는 편이었다. 그래서 양강은 그들을 알아보지 못하고 불안한 듯 고개를 두리번거렸다.

"네가 경보를 울리는 것보다 내가 너를 죽이는 게 빠를 거다."

설영이 싸늘하게 말하자 양강이 몸을 부르르 떨며 설영을 바라봤다.

설영은 그 말이 사실이라는 걸 증명이라도 하려는 듯 엄청난 속도로 양강의 앞에 선 후 자세를 낮춰 그의 눈을 똑바로 바라보며 말했다.

"나는 신교인이다. 지금은 사정이 있어 저기 음식물 처리 통로로 들어온 것이지만 신교에 해가 되는 일은 없을 테니 걱정하지 않아도 좋을 것이다."

메마르고 갈라지는 듯 스산한 설영의 목소리에 양강이

고개를 끄덕였다.

　수상한 인물들이 들어온 것을 알리지 않아 죽든, 지금 이 자리에서 죽든, 죽는건 매한가지였으니 이들을 모른 척한 뒤 죽는것이 이승에서의 시간을 조금이라도 벌 수 있다고 생각한 것이다.

　"현명한 선택이다. 그리고 미안하지만 이걸 먹어줘야겠다."

　설영이 품속에서 녹색 빛이 감도는 액체가 담긴 작은 병을 꺼내자 양강이 사색이 된 얼굴로 설영을 바라봤다.

　"도, 도 독이 아닙니까!?"

　"독이긴 하지만 목숨을 위협할만한 극독은 아니다. 일종의 수면마비독인데 나는 네가 다른 이들에게 우리에 대해 말하지 않으리라 온전히 믿지 못한다. 그리고 내겐 아주 중요한 사람이 지금 위험에 처해있어. 너를 죽이지 않으려면 이것밖에 방법이 없다."

　작은 병에 들어 있는 녹색의 액체와 설영을 번갈아 보던 양강이 떨리는 손으로 병을 향해 손을 내밀자, 설영이 양강의 턱을 쥐고 살짝 입을 벌려 액체를 털어넣었다.

　다소 강압적인 행동에 양강이 팔다리를 휘저으며 반항했지만 설영의 무지막지한 힘을 이길 수는 없었다.

　결국 액체를 모두 마신 양강이 몸을 부르르 떨기 시작했다.

　"안심해라 죽는 건 아니니. 단지 몸에 마비가 오면서 잠

이 들게다."

털썩—!

수면마비독을 먹은 양강이 철퍼덕 쓰러지자 설영이 지체 없이 신형을 돌려 무연과 담백을 향해 말했다.

"알아본 바에 의하면 주군은 현재 천교당에 계신 것 같다. 우리에겐 두가지 방법이 있다. 천교당으로 잠입해 주군을 구하는 것과 혼인식을 기다렸다가 급습하는 방법이 있다."

"하지만 혼인식 때는 신교인들의 이목이 집중되잖아. 괜히 급습했다가 빠져나가지 못하면 어떻게 해?"

담백의 물음에 설영이 의외라는 표정으로 바라보자 담백이 인상을 찌푸리며 말했다.

"나도 이 정도 생각은 한다고!"

"그래, 하지만 천교당으로 들어가는 것도 쉽진 않아. 신천우가 주군을 가볍게 묶어놨을 리는 없고 아마 살면대와 사마수가 주군이 계신 곳을 지키고 있을 거다."

담백이 침통한 표정으로 고개를 끄덕였다.

담백의 말대로 혼인식 때는 마교인들의 이목이 집중된다. 많은 장로급 인사들이 참여하기 때문에 자칫하면 주군인 단서연과 설영, 담백, 무연 모두가 위험해질 수 있었다.

그렇다고 천교당 잠입이 쉬운 것도 아니다. 천교당은 사마수와 살면대원이 눈에 불을 켜고 지키고 있는 터라 잠입하기 어려웠다.

"혼인식 때 급습하는 걸로 하지."

"뭐?"

담백이 그게 무슨 말이냐는 듯 묻자 말을 꺼낸 무연이 담백과 설영을 번갈아 보며 말했다.

"천교당에서 단서연을 되찾아 도망치면 그 후엔 어떻게 할 셈이지? 계속 마교로부터 쫓기며 살 텐가?"

"그건 아니지만 적어도 신천우 그 개같은 새끼와의 혼인은 막을 수 있으니……."

담백의 말에 설영도 동의하는지 말없이 바라보자 무연이 고개를 저었다.

"아니, 이대로 마교로부터 단서연을 데리고 도망치면 단서연은 도망자 혹은 비겁자의 낙인이 찍혀 마교로 돌아오지 못할 거다. 그렇게 되면 그녀가 이루려던 것을 다시는 이루지 못하겠지."

"그래서… 어떻게 하겠다는 거야?"

설영이 무연에게 다가와 물었다. 방법을 알려달라는 의미였다. 단서연의 염원을 이루는 것은 설영과 담백의 오랜 소원이었다.

그들을 곁에 두고 보살펴준 이가 바로 단서연이었고 그녀의 은혜를 입은 두 사람은 그녀의 행복을 원했다.

그래서일까, 간절함이 살짝 담긴 설영의 눈을 바라보던 무연이 천천히 입을 열었다.

"혼인식은 마교의 주요 인사들이 모두 모이는 자리가 될

거다. 신천우와 단서연의 혼인식이니까. 그러니 그 자리에서 서열을 뒤집는다."

"서열을 뒤집는다고?"

의외의 말에 설영이 놀라 묻자 무연이 고개를 끄덕였고 담백이 급히 앞으로 나서며 말했다.

"그게 무슨 말이야! 서열을 뒤집는다니?"

"말 그대로다. 마교는 힘이 곧 서열이고 권력이다. 약육강식의 개념이 가장 강한 곳이지. 그러니 누가 약자고 누가 강자인지 그곳에서 증명해 보이면 돼."

"불가능 해."

설영이 고개를 저으며 무연의 말에 반박했다.

"신천우의 세력이 이미 신교를 장악했다. 그를 보좌하는 사마수는 초절정 수준의 무인들이고 살면대원들 역시 절정에 이른 무인들이다. 그 외에도 많은 신교 무인들이 신천우를 따르니 우리 셋 가지고는 그들을 꺾을 수 없다."

"그렇게 많은 자들을 상대할 필요는 없어. 사마수와 신천우만 잡아내면 돼."

그냥 생각하기에도 불가능한 일을 너무도 담담하게 말하는 무연의 모습에 설영이 답답한 듯 미간을 좁히며 말했다.

"누가 신천우를 상대하고 누가 사마수를 상대하지? 분하지만 나와 담백의 수준과 사마수 개개인의 수준이 엇비슷하다. 네가 다른 사마수 한명을 상대한다고 해도 한명의 사마수와 신천우가 남는다.”

수적으로 열세라는 설영의 말을 듣던 무연이 손가락을 들어 담백과 설영을 가리키며 말했다.

“너희가 사마수 둘을 상대하면 내가 나머지를 맡지.”

“그래! 그렇게 하지. 그럼 신천우는……!?”

졌다는 듯 담백이 고개를 끄덕이며 묻자, 무연이 나지막이 대답했다.

“신천우는 단서연이 잡는다.”

*　　*　　*

내일로 다가온 혼인식 소식에 단서연이 작은 한숨과 함께 주먹을 말아 쥐었다.

계속해서 몸에 축적되는 산공독 때문에 내력은 모일 기미를 보이지 않았고 도망칠 수 있는 방법은 없었다.

그나마 다행인 건 무연을 포함한 설영과 담백에 관한 얘기가 들려오지 않는다는 것이다.

그동안 분을 참지 못한 담백이 미련하게 마교의 정문으로 들어와 신천우를 향해 이빨을 드러낼까 걱정했는데, 설영이 잘 막아준 것 같았다.

아니, 어쩌면 아직 한가장에서 한소진에 대한 치료를 하고 있을지도 몰랐다.

그리고 무연은 자신을 구할 방법을 궁리하고 있을 거라

생각했다.

자신의 사람을 쉽게 버리는 자가 아님을 알고 있었기에 무연이 자신을 쉽게 포기하진 않을 테지만, 그녀가 생각해 봐도 천교당에 있는 자신을 구할 방법이 없었다.

애초에 마교로 들어오는 것 자체가 힘든데, 천교당은 사마수와 살면대원들이 밤낮을 가리지 않고 지키고 있었으니 잠입하거나 침입할 틈이 없었다.

"어처구니가 없군. 이렇게 허무하게 원수와 혼인을 하게 되다니……."

자조 섞인 웃음을 보이며 중얼거렸다.

태어나 사랑이란 것을 받아본 적도 해본 적도 없었다.

친구는 물론이요, 자신을 돌봐줄 수 있는 사람은 곁에 존재하지 않았다.

홀로 살아남아야 했고 외로운 싸움을 해왔다.

겨우 곁에 설영과 담백이라는 든든한 부하가 생겼고, 무림맹에 들어가 용천단원이라는 동료를 얻게 되었다.

실제의 이름과 실제의 신분으로 맺어진 동료는 아니었지만, 적어도 그녀가 동료이자 벗이라는 걸 알게 된 순간이었다.

용천단원이 되어 보내온 시간들을 회상하던 단서연이 피식 웃었다. 항상 까불던 장혁과 장현이 떠올랐고, 조용한 우윤섭과 서로를 보며 으르렁대는 이범과 백건이 떠올랐다.

비록 백건과 백아연, 백하언은 원수라 할 수 있는 백월문의 자식들이었지만, 그들을 원망하지 않았다.

자신마저 그리하면 단각의 손녀라는 이유로 자신을 고통스럽게 한 원망스러운 자들과 자신이 다를 게 없었기 때문이다.

무림맹에서 맺어지고 겪은 일련의 기억들이 머릿속을 스쳐 지나갔고, 그 끝엔 한 사내가 서 있었다.

큰 키와 다부진 몸. 흑의를 즐겨 입으며 때론 한없이 무심하고, 때론 짓궂게 장난을 거는 사내.

"다신, 만날 수 없겠지."

다시 한번 얼굴이라도 볼 수 있으면 좋으련만, 신천우와 혼인을 한 후에 무연을 볼 수 없다는 걸 그녀는 잘 알고 있었다.

그래서일까 두근거리던 가슴이 어느덧 저려왔다.

템포 파혼(破婚)

"뜬금 없구만. 신천우와 단서연의 혼인이라니. 둘은 원수 사이가 아니었나?"

"뭐 낸들 알겠나. 단서연 그 계집이 고집을 꺾은 모양이지."

"하긴, 신천우를 어떻게 거부하겠나. 곧 신교의 지존이될 분인데."

"암 그렇고말고."

마교인들은 저마다 한마디씩 하며 혼인식이 열리는 천교당으로 향했다.

마교 내에서도 최고서열이라 할 수 있는 신천우의 혼인

식을 위해 거의 모든 마교인들이 천교당에 모였다.

그 규모는 역대 혼인식 중에서도 가장 컸다.

산해진미가 식탁을 가득 메웠고 최고급 술이 담긴 술독이 연회장을 둘러쌌다. 하늘하늘 거리는 얇은 옷을 걸친 여인들과 상의를 벗은 근육질의 사내들이 음식을 나르고 있었다.

"주군이 장가를 가시는군 그래."

먼저 자리에 앉아 삶은 닭의 다리를 거칠게 뜯으며 남은 손으로는 술병을 기울이던 마장추가 옆자리에 앉는 칠두를 향해 말을 건넸다. 남은 술병을 손에 쥐고 빠르게 마개를 열어 투명한 술을 입에 털어 넣던 칠두가 소매로 입을 닦으며 대답했다.

"정통성을 위해서라고는 하지만, 목적은 따로 있으시겠지."

"하하! 전부터 그 요망한 계집애를 꼭 자기 아래에 두시겠다고 했잖아! 드디어 이루신거지."

단숨에 술병에 든 술을 모조리 마신 칠두가 다른 술병을 손에 쥐며 고개를 끄덕였다.

"그래. 그래도 그년의 어미가 신교에서도 알아주는 미인이라 그런지 단가 그 계집도 예쁘장하게 생기긴 했지."

"하하! 이젠 주군의 여자라고. 함부로 건들면 안 돼."

"아쉽군, 아쉬워. 그년을 잡으러 내가 갔어야 했는데!"

계속해서 술을 입에 털어 넣으며 칠두가 아쉽다는 듯 고

개를 주억거리자, 마장추가 쓰게 웃으며 자신의 오른팔을 살짝 내려다보았다.

상처는 모두 아물었지만 몇 개 남은 흉터가 그때의 싸움을 떠올리게 했다.

'단가 계집의 힘이 보통은 아니었지.'

생각을 마친 마장추가 고개를 들었다. 곧 혼인식을 시작하려는 건지 예복을 입은 신천우가 당당히 모습을 드러냈다.

적룡흑의를 바탕으로 한 검은 바탕의 고급스러운 예복이었다. 그는 살짝 흥분했는지 볼이 붉어져 있었다.

뒤이어 천교당의 남문이 열리며 예복을 갖춰 입은 단서연이 천천히 모습을 드러냈다.

화장을 했는지 얼굴은 하얗고 입술을 붉었다.

"오오……."

혼인식을 위해 꾸미고 나타난 단서연의 모습은 아름다움 그 자체였다.

평소에는 간편한 무복과 단정치 못한 머리, 화장하지 않은 수수한 얼굴로 다녔지만, 그 모습으로도 아름답다고 소문이 자자했다. 작정하고 꾸미고 나니 그 미모가 더욱 돋보였다.

"아름답군."

지금 이 순간, 신천우는 순수하게 그녀를 보며 감탄했다. 그만큼 단서연의 모습은 미려하고 고왔다.

작은 네모난 탁자 위에 최고급 백주가 담긴 잔을 들어 올린 신천우가 단서연을 보며 눈짓했다.

　그의 눈짓에 단서연이 나머지 잔을 바라봤다.

　마교에서 행해지는 혼인식은 상당히 간결했다. 부부가 되는 남녀가 술이 담긴 잔을 서로 마주 들고 서로의 잔을 살짝 부딪치며 백년해로를 약속하고는 한번에 술잔을 비우면 혼인식이 끝났다.

　사사로운 행사를 벌이지 않는 마교답게 상당히 간결한 혼례라 할 수 있었다.

　"자, 들라고."

　망설이던 단서연이 잔을 들었다.

　잔에 담긴 백주가 단서연의 마음을 알아차렸는지 처량하게 몸을 흔들었지만, 그녀는 더 이상 거부하거나 도망칠 방법이 없었다.

　"저길 보라고 단서연. 저 수많은 신교인들이 너와 나의 혼인을 축하하러 왔다. 네 증오의 대상이자 원수인 나와의 혼인을 축하하기 위해서 말이야."

　비릿하게 미소 짓는 신천우를 보며 단서연을 인상을 찡그리거나 슬퍼하지 않았다. 그저 무심히 잔을 들어 올릴 뿐.

　"빨리 끝내자고? 나야 좋지! 한시라도 빨리 네 몸을 가리고 있는 그 어여쁜 예복을 찢어버린 뒤 네 몸을 밤이 새도록 탐하고 싶거든."

욕망이 가득한 신천우의 눈을 보며 단서연이 입술을 살짝 깨물었다.

차라리 지금이라도 들고 있는 잔을 깨어 신천우의 목을 찔러버리고 싶었지만, 그럴 수가 없었다.

"아, 참. 그리고 네 충성스러운 부하들 설영과 담백⋯⋯."

두 사람의 이름이 신천우의 입에서 나오자 단서연이 인상을 살짝 찡그리며 신천우를 바라봤다.

그러자 신천우가 재미있다는 듯 웃으며 말했다.

"사실 신교 외부에도 혼인식에 관한 소문을 냈거든. 그놈들도 주군이 혼인을 올린다는데 알고는 있어야 할 거 아니야?"

이죽대는 신천우의 모습에 단서연이 왼손을 말아 쥐었다.

"하지만, 나의 호의에도 불구하고 그놈들은 코빼기도 비추지 않더라고. 정문도 비워줬는데 말이야. 그런데⋯ 얼마 전 음식물 쓰레기를 버리는 하수구에서 쓰레기를 비우던 양강이라는 녀석이 정체불명의 독에 감염되어 마비된채 쓰러져있는 걸 발견했어. 과연 이게 우연일까?"

단서연의 왼손이 살짝 떨리자 신천우가 더욱 흥분되는 듯 입가를 길게 늘이며 웃었다.

"하하! 또 때마침 설영은 의학적 지식이 풍부하고 독에 관한 지식도 상당하다고 하더군."

"무슨 말이 하고 싶은 거지?"

"뭘 모르는 척을 하는 거야. 너도 알고 있잖아. 설영과 담백이 너를 구하기 위해 이곳에 숨어들었다고. 물론 그 무연이라는 놈도 함께 있을지도 모르지. 그렇다면 그들이 급습할만한 때가 언제일까 생각을 해봤더니……."

말끝을 흐리며 단서연에게 다가온 신천우가 그녀의 손에 들린 잔에 자신의 잔을 살짝 부딪치며 왼손으로 단서연의 턱을 잡았다.

아직 내력을 끌어올리지 못하는 단서연은 반항조차 하지 못하고 턱을 잡혔다. 신천우는 광기 어린 미소를 지으며 말했다.

"지금 이 순간."

신천우가 단서연의 턱을 당기며 자신의 얼굴 쪽으로 그녀의 얼굴을 당겼다.

쪽—

눈을 감은 채 단서연의 입술을 향해 자신의 입술을 내민 신천우는 입술에서 느껴지는 딱딱한 감촉에 눈을 떴다.

눈앞에는 단서연의 아름다운 얼굴이 아닌 큼지막한 성인 남자의 손바닥이 있었다.

"화장을 한 건가?"

장난스러운 물음.

귓가에 흘러들어오는 낯익은 목소리에 단서연은 목소리가 들려온 곳을 향해 멍하니 고개를 돌렸다.

그곳에는 다시는 못 볼 줄 알았던 얼굴이 그녀를 바라보며 서 있었다.

　"예복까지 갖춰 입으니 무복을 입었을 때보다 훨씬 예쁘군."

　미소 띤 얼굴로 무연이 말했다.

　순간 단서연은 자신도 모르게 벅차오르는 감정으로 눈물이 쏟아질 뻔했으나, 이내 상황을 깨닫고 고개를 저었다.

　"너, 너는 이곳에 있으면 안 돼!"

　"그래. 왔으면 안 됐지. 네놈이 무연인가?"

　단서연을 향해 다정하게 말을 거는 무연을 향해 신천우가 싸늘하게 물었다.

　단서연을 바라보던 무연이 시선을 돌려 신천우를 마주보며 말했다.

　"네가 신천우인가?"

　"그래, 내가 신천우다. 그리고 단서연에게 한가지 약속을 했지. 혼인식 날 네놈의 목을… 선물로 주겠다고!"

　신천우의 말이 끝나기가 무섭게 두명의 신형이 어둠 속에서 튀어나와 무연을 향해 검을 휘둘렀다.

　군더더기 없이 빠르고 강력한 힘이 담긴 검이었다.

　"안 돼!"

　놀란 단서연이 무연의 뒤를 보며 외쳤지만, 이미 그들의 검은 무연의 목과 허리를 베어 오고 있었다.

　까앙—!

깡―!

거의 동시에 두번의 쇠 마찰음이 들려왔다.

소리가 터진것과 동시에 무연의 목과 허리를 베어오던 검 두개가 휘청거리며 반대 방향으로 튕겨 나갔다.

어느새 무연은 오른손에 검을, 왼손에는 검집을 쥐고 있었다. 그 검은 단서연도 잘 알고 있는 검이었다.

"역천… 검?"

"그래. 지금은 내가 잠시 빌리도록 하지."

무연에게 역천검의 검집은 받아든 단서연이 두손으로 받아 품에 안자 무연이 단서연의 팔을 잡고 옆으로 밀어내며 신형을 돌렸다.

카가강―!

두개의 검이 엄청난 속도로 무연의 얼굴과 심장을 찔러왔지만 신형을 돌리며 휘둘러진 역천검에 의해 모두 가로막혔다.

"살면대원을 스무명이나 죽였다더니 한 재간 하는 모양이구나."

팔짱을 끼고 뒤로 물러선 신천우가 흥미롭게 무연과 두 무인의 싸움을 지켜봤다.

신천우는 자신이 나설 필요가 없다는 듯 팔짱을 낀 채 방관하고 있었다. 신천우가 나설 의지를 보이지 않자 무연이 앞에선 두명의 무인에게 정신을 집중했다.

"나 참… 아무리 주군의 명이라고 해도 한놈을 둘이서

급습하는 게 마음에 들지 않았는데… 죽이지도 못하고, 체면이 말이 아니네."

검을 든 사내가 인상을 찡그리며 중얼거리자 옆에 있던 사내가 검집에 검을 꽂아 넣으며 말했다.

"네가 먼저 가라. 도군."

"강야. 네가 언제부터 내 위였지?"

도군이 싸늘한 표정으로 강야를 향해 묻자 강야는 고개를 저으며 뒤로 물러섰다.

"난 네 아래야. 그러니 네가 먼저 싸우라는 거야. 주군에게 인정도 받고 공을 세울 기회를 네게 주는 거라고."

이죽거리는 얼굴로 강야가 손짓하자 도군이 인상을 있는 대로 찌푸렸다.

오랫동안 강야를 알고 지낸 도군은 그가 진심으로 자신을 위해 순서를 양보했다고 생각하지는 않았다.

무연이 자신과 강야의 합공을 두번이나 막아낸 것은 결코 우연이 아니었다.

선수를 친것 역시 강야와 도군이었다.

그런데 먼저 출수한 그들보다 허리춤에서 검과 검집을 뽑아낸 무연이 더욱 빠르게 검을 휘둘렀다.

그것도 급습을 한 강야와 도군보다도 더욱 빠르게.

그러니 강야는 도군을 먼저 내보내 무연의 수준을 가늠해보려는 것이다. 그러다 기회가 닿으면 자신이 무연을 처리하기 위해서.

"네가 뭘 생각하는지는 알고 있다만, 아마 네가 원하는 상황은 오지 않을 거다."

검을 강하게 말아 쥔 도군이 무연을 노려보았다.

자신은 사마수중 한명이었다. 무연은 아무리 봐도 이제 약관을 갓 넘긴 어린 무인이었다.

물론, 나이로 실력을 판단하는 것은 멍청한 짓이었지만, 도군은 자신의 승리를 믿어 의심치 않았다.

그에겐 그럴만한 실력이 있었다.

"검 좀 다룰 줄 아는 것 같은데, 목숨이 귀한 줄은 모르는구나. 감히 본교에 혈혈단신으로 나타나 살아나갈 수 있을거……."

무연을 향해 설교를 늘어놓던 도군은 재빨리 검을 들어야 했다.

여섯걸음 정도의 거리에 있던 무연이 바로 지척으로 다가와 검을 휘둘렀기 때문이다.

카아앙—!

거대한 쇠 마찰음과 함께 도군의 신형이 뒤로 주르륵 밀렸다.

"큭!"

검 손잡이를 타고 흐르는 붉은 핏물을 보며 도군이 이를 악물었다.

단 일수에 손바닥이 찢어진 것이다.

"미친놈!"

도군은 더 이상 방심하지 않으려 내력을 끌어 모으기 시작했다.

단 한번의 방심이 죽음으로 이어진다는 사실을 방금 전의 일격을 깨달은 것이다.

도군의 검이 검붉은 색으로 빛을 내며 검강을 만들어내자 무연이 가볍게 몸을 튕겼다.

"두 걸음."

"뭐……."

가볍게 몸을 튕기던 무연이 빠르게 두 걸음을 내딛자, 의아해하던 도군이 눈을 부릅뜨며 검을 휘둘렀다.

순식간에 다가온 무연의 신형이 두 갈래로 나눠지며 양쪽에서 검을 휘둘렀기 때문이다.

'둘 중 하나는 가짜일터!'

허초를 찾기 위해 안력을 돋우고 집중하던 도군이 인상을 찡그리며 큰 반원을 그리듯 검을 크게 휘둘렀다.

카강— 캉!

두번의 쇳소리와 함께 도군이 다시 뒤로 밀려났다.

둘 중 하나는 허초라 생각했는데 둘 다 실초라는 것을 깨닫고 경악하며 검을 휘둘렀다. 그 덕에 겨우 목숨을 부지할 수 있었다.

뒤로 쉴 새 없이 밀려난 도군이 검을 강하게 말아 쥐며 수직으로 검을 세웠다.

'수라월강검법(修羅月剛劍法) 적파혈도(赤派血道)!'

검붉은 색으로 빛나는 도군의 검이 빠르게 바닥을 향해 베어 내렸다. 그 안에 담긴 검붉은 검기가 길게 뻗어져 나와 무연을 향해 날아들었다.

엄청난 기운과 속도로 날아드는 적파혈도를 보며 무연이 역천검을 바닥으로 내리깔며 사선으로 올려 베었다.

스릉—!

역천검이 사선으로 올려 베는 순간, 거대한 바람소리와 함께 바닥이 갈라지며 베어졌다. 무연을 향해 날아들던 적파혈도의 기운이 허공에서 두 조각으로 나뉘어 소멸되었다.

"적파혈도를……?!"

온 힘을 다해 내지른 적파혈도의 검기가 허무하게 사라지자 이를 악문 도군이 더욱 내력을 끌어 모았다.

곧 그의 검에 거대한 기운이 일렁이며 하나의 검 형태를 이루었다. 도군의 검에 일렁이는 검강을 발견한 무연이 강하게 발을 앞으로 내딛었다.

"세 걸음."

콰아앙—!

무연이 서 있던 바닥이 쩌적— 소리를 내며 금이 가기 시작하더니 이내 터져나갔다. 그곳에 서 있던 무연의 신형이 눈 깜짝할 사이에 사라졌다.

'어디로 간 거지?'

도군이 정신을 집중하여 주변을 돌아보았지만, 어디에

도 무연의 모습이 보이지 않았다.

"이 새끼가!"

그때, 뒤에서 강야의 목소리가 거칠게 들려오자 도군이 급히 고개를 돌렸다. 무연의 역천검이 도군의 코앞에 멈춰 있었다.

다행이 강야가 빠르게 무연을 막아섰기에 역천검이 도군의 뒤통수를 꿰뚫지 못한 것이다.

"합공하자. 쪽팔리긴 하지만 저놈과 나는 두 수 이상 차이가 난다."

자존심이 강한 도군에게서 합공을 하자는 말이 나오자, 강야는 망설임 없이 고개를 끄덕이며 도군의 옆에 섰다.

그도 그럴 것이 도군의 뒤에서 계속해 무연을 살피지 않았다면 강야도 무연의 움직임을 놓쳤을 것이다.

그만큼 무연의 신형은 재빨랐다.

* * *

"난리가 났군. 저놈이 무연이란 놈인가?"

"그런 것 같은데?"

멀리서 술병을 기울이던 마장추와 칠두가 자리를 박차고 일어섰다.

신천우에게 미리 무연일행이 등장할 수도 있다고는 들었는데, 설마 사마수 중 두 명인 도군과 강야를 동시에 상대할 줄은 꿈에도 몰랐던 것이다.

그도 그럴 것이 한 문파의 장문인급 힘을 가진 자들이 바로 사마수였다.

겨우 약관을 지난 어린 무인이 상대할 만큼 호락호락한 무인들이 아니다.

그런데 무연이 한명으로도 모자라 두명을 상대하기 시작한 것이다.

"멍청한 놈들. 저놈 하나 못 잡아 저 모양이니… 쯧."

"마장추!"

마장추가 한심스럽다는 듯 자신의 사슬추를 주섬주섬 챙기며 무연과 도군 강야가 싸우는 곳으로 향하고 있을 때, 곰과 같은 덩치를 한 사내가 마장추를 막아섰다.

"뭐야. 담백이냐?"

"오냐, 담백이다. 네놈이 감히 내 주군을 건드려?"

"하하! 단서연 고년 살결이 아주 부드러… 큭!"

급히 사슬추를 들어 올린 마장추의 신형이 뒤로 밀려났다.

그의 사슬추가 살짝 움푹 들어가 있었는데, 엄청난 속도로 다가온 담백이 내지른 주먹을 막다가 생긴 상처였다. 하지만 담백의 주먹도 온전하지 못했다. 피푸가 찢어져 피가 흐르고 있었다.

"흐흐! 미련한 새끼. 그러니 사람들이 널 곰새끼라 부르는 게다."

"네놈의 더러운 가죽을 벗겨 개밥으로 주면 좋겠구나."

서로를 향한 욕지거리를 호쾌하게 내뱉은 마장추와 담백의 신형이 재빨리 서로를 향해 날아들었다.

쾅—!

* * *

담백과 마장추가 서로 맞부딪치며 싸움을 벌이는 동안, 칠두는 인상을 찡그린 채 앞에 선 사내를 바라보았다.

"왜 내가 하필 네놈과 싸워야 하지?"

상당히 떨떠름한 표정을 짓던 칠두가 작은 한숨을 내쉬었다.

그의 앞에는 설영이 서 있었는데, 말없이 서 있던 설영이 품속에 손을 넣으며 말했다.

"빨리 끝내자! 단 한시도 주군 앞에 네놈들을 두고 싶지 않으니."

말을 마친 설영이 품속에서 손을 뺐다.

촤르르릉!!

설영의 손에 들린 은색 빛의 물체가 물결 모양으로 출렁였다. 그것은 밝은 은빛을 내는 편검이었다.

"하… 네놈과는 정말로 싸우기 싫은데."

싸우기 싫음에도 피할 수 없음을 잘 알고 있는 칠두는 등 뒤에서 권갑을 꺼내어 손에 꼈다.

칠두가 양손에 권갑을 끼자 찰캉! 하는 소리와 함께 권갑에서 세 갈래의 뾰족한 칼날이 튀어나왔다.

칠두의 독문 무기인 금강조(金强爪)였다.

흐느적거리며 물결치던 설영의 편검에 내력이 깃들자 편검이 빳빳하게 섰다. 이를 본 칠두의 신형이 빠르게 설영을 향해 쇄도해 나가기 시작했다.

* * *

카앙—!

카가강!

수십 번의 쇳소리와 불똥이 튀어 올랐다.

도군과 강야의 신형이 번갈아가며 무연을 양쪽에서 압박했다. 무연의 역천검이 도군과 강야의 검을 기민하게 막아 내고 있었지만, 검붉은 검강을 뿜어내는 도군과 강야의 공격에 무연이 천천히 밀리기 시작했다.

"…무연."

처음 무연이 나타나 도군을 상대로 압도적인 모습을 보일 때만 해도 단서연은 일말의 희망을 얻었다.

어쩌면 무연이 신천우의 사마수 중 두명을 쓰러뜨리고, 신천우마저 쓰러뜨릴지도 모른다는 희망.

하지만 그건 헛된 희망이라는 듯 합공을 시작한 도군과 강야의 힘은 매서웠다.

물론 둘의 공세에도 쉽게 밀리지 않는 무연의 신위가 대단하다고 할 수 있었다. 그러나 이대로 가다간 무연이 질 것 같았다.

도군과 강야의 검에 의해 갈기갈기 찢기는 무연의 모습을 상상한 단서연은 크게 소리 높여 외쳤다.

"그만, 그만 싸워! 이대로 가다간 전부 죽어!"

간절한 단서연의 외침에 도군과 강야의 검을 밀어낸 무연이 뒤로 물러서서 그녀에게 다가갔다.

다가온 무연을 향해 단서연이 다가와 말했다.

"도망쳐. 나는… 비록 신천우와 혼인을 해야겠지만 죽진 않을 거야. 하지만 이대로 가다간 모두 죽을 거야. 나 때문에 그럴 필요 없어. 신교의 자료는……."

그 와중에도 무연이 부탁한 자료를 잊지 않고 언급하는 단서연의 모습에 무연이 손을 뻗어 그녀의 머리 위에 손을 얹었다.

좌우로 손을 움직여 단서연의 머리를 쓰다듬어준 무연이 작게 미소 지으며 말했다.

"쓸데없는 걱정이나 고민은 하지 마라. 넌 신천우와 혼인할 필요 없다. 나 역시 죽지 않는다. 걱정을 끼쳤으니……."

단서연의 머리에서 손을 뗀 무연이 신형을 돌리며 역천검을 아래로 내리깔았다.

"금방 돌아오지."

돌아선 무연의 몸에서 거대한 기운이 폭사되기 시작했다.

무연이 한 걸음 내딛을 때마다 천교당이 울렸고, 멀리서 이들의 싸움을 지켜보던 마교의 무인들도 몸을 부르르 떨었다.

그의 앞에서 검을 들고 서 있던 도군과 강야는 무연의 신형이 점점 커지고 있는 듯한 느낌을 받았다.

실제로 무연이 커진것은 아니었지만, 그만큼 그의 존재감이 이곳을 가득 메우기 시작했다는 뜻이었다.

그리고.

무연이 아래로 젖힌 역천검에서 검붉은 색의 검강이 피어올랐고 곧 붉게 타오르기 시작했다.

"적화… 검."

멀리서 이를 지켜보던 단서연이 조용히 중얼거렸다.

지금 무연의 검에서 발현되는 불타는 검강이 무엇인지 알고 있었기 때문이다.

무연이 역천검을 들어 올렸다.

붉게 타오르던 검강이 점점 작아지며 검에 스며들기 시작했다. 묵색 빛과 밝은 은색의 빛을 조화롭게 빛내던 검신이 검붉은 색으로 변했다.

"적마검(赤魔劍)!"

단서연이 믿기지 않는 듯 눈을 부릅떴다.

지금 무연의 검에서 발현된 검붉은 색의 검강은 적화검

의 다음 경지인 적마검의 경지였기 때문이다.

그 검을 다룰 수 있는 이는 자신뿐이었는데, 무연의 검에서 적마검이 발현되었다.

"적마검이라니!?"

놀란 것은 단서연 뿐만이 아니었는지 신천우와 도군, 강야도 놀란 듯 무연을 바라봤다.

그리고 그들의 앞에선 무연이 검을 수평으로 세웠다.

"태염(態炎)"

촤아악―!

스르릉―

신천우가 검을 뽑았다. 그리고 동시에 세 걸음 뒤로 물러섰다. 그리고 깨달았다. 지금 자신의 앞에 선 남자는 자신의 상대가 아니란 걸.

그가 언제든 자신을 죽일 수 있다는 것을.

도군과 강야의 시신이 땅에 뒹굴었다.

그들은 사마수였다.

하늘이라 불리는 신천우를 보좌하는 초절정의 무인들이었다.

그런 그들이 단 한수에 목숨을 잃었다.

그들의 시신을 피를 흘리지 않았다.

베인 곳이 검게 그을려 타버렸기 때문이다.

"네놈은… 네놈은 누군데……!"

쉴 새 없이 뒤로 물러서던 신천우는 차갑게 느껴지는 벽의 감촉을 느끼며 발걸음을 멈추었다. 더 이상 물러설 곳이 없었다.

"네 걸음."

신천우가 고개를 들었다.

어느새 무연은 자신의 앞에 서 있었다.

검붉은 색으로 바뀐 역천검을 든 채로.

"넌… 누구야."

떨리는 눈동자로 신천우가 물었다.

그의 앞에선 무연이 무심한 눈동자로 신천우를 내려다보며 말했다.

"무연."

＊　＊　＊

"나를 죽일 생각인가?"

떨리는 목소리로 신천우가 물었다. 무심한 눈으로 바라보던 무연이 고개를 저었다.

"아니, 너를 죽이는 건 내가 아니다."

"뭐?"

의외의 대답에 신천우가 의아한 표정을 짓자 무연이 신형을 돌려 검집을 품에 안은 채 단서연에게 다가갔다.

"이젠 네 차례야."

"무, 무리야. 나는 지금 내력을 끌어올릴 수 없는 상……."

몸에 누적된 산공독에 의해 단전과 내공이 막힌 단서연이 고개를 저으며 말하자, 무연이 말없이 다가가 그녀의 양쪽 어깨에 손을 올렸다.

곧, 형언할 수 없을 만큼 강대하고 맑은 기운이 단서연의 어깨를 시작으로 온몸으로 뻗어 나가기 시작했다.

그 기운들은 온몸을 맴돌다가 단전으로 향했다. 그녀의 몸으로 들어간 무연의 기운들이 산공독의 기운을 몰아내기 시작했다.

"아……."

산공독에 의해 잠들어 있던 내공들이 꿈틀거리며 제 힘을 드러내기 시작하자 단서연이 놀란 눈으로 무연을 올려다보았다.

"가서 알려줘, 누가 마교의 지존인지를."

단서연을 살짝 미소 지은 얼굴로 내려다보던 무연이 역천검을 건넸다.

아련한 눈으로 검을 바라보던 단서연이 마침내 역천검을 손에 쥐었다. 동시에 놀란 듯 눈을 살짝 크게 뜨며 무연을 바라봤다.

단서연을 마주한 무연은 여전히 미소를 띠고 있었다.

"알았어."

역천검을 손에 쥔 단서연이 무연을 지나쳐 신천우에게

서서히 걸어가기 시작했다.

"웃기지도 않는 상황이군."

자신을 향해 다가오는 단서연을 바라보던 신천우가 주변을 둘러보기 시작했다.

마교의 최고서열이라 할 수 있는 자신이 위험에 처했지만, 마교의 무인들은 꿈쩍도 하지 않은 채 부리부리한 눈으로 모든 상황을 지켜보고만 있었다.

만약 이 싸움이 마교인들끼리의 싸움이 아니라 무림맹 혹은 마교 외의 세력 싸움이었다면, 마교 무인들은 병장기를 치켜들고 신천우를 보호하기 위해 목숨을 걸고 싸웠을 것이다.

하지만 신천우와 단서연의 싸움이었다.

마교 내부에서 일어나는 서열 싸움이었고 무인들은 이에 관여할 생각이 없었다.

단지 신천우를 보위하는 사마수만 그를 위해 싸우고 있었는데, 두명은 이미 무연의 손에 목숨을 잃었고 나머지 두명은 담백과 설영에 맞서 싸우고 있었다.

"그래. 결국은 네가 내게 오는구나. 단서연."

"네 목숨은 내가 취해야 하니까."

싸늘한 단서연의 목소리에 신천우가 자조 섞인 웃음을 흘리며 검을 쥔 손에 힘을 주었다.

"그런데 하나 까먹은 게 있는 것 같은데… 네 힘으론 날 죽일 수 없어!"

자신의 등을 받치던 벽을 박차고 날아오른 신천우가 엄청난 속도로 단서연에게 날아들었다.

비록 무연의 신위(神威)에 제대로 싸워보지도 못하고 뒷걸음질 치던 신천우였지만, 그의 수준은 초절정.

차기 마신의 재목이라 불리던 사내였다.

카앙—!

거친 쇳소리와 함께 단서연의 신형이 뒤로 주르륵 밀려났다.

역천검이 강한 힘에 의해 몸을 부르르 떨었고, 검을 쥔 단서연이 이맛살을 살짝 찌푸렸다.

'역시, 내력이나 힘의 수준은 신천우가 한수 위다.'

단서연의 수준이 낮은 것은 아니었지만 신천우 만큼은 아니었다.

"이것밖에 안 되나, 단서연?!"

검을 들고 거세게 단서연을 밀어붙이던 신천우가 그녀의 뒤에선 무연을 바라봤다.

'도군과 강야를 한수에 죽인 놈이다. 하지만, 이번엔 단서연을 내보냈지. 그 말은 단서연을 신교에서 인정받게 하려는 셈인 것 같은데… 네 선택이 얼마나 어리석은 선택이었는지를 깨닫게 해주지!'

양손으로 검을 쥔 신천우의 몸에서 검은 기운이 꿈틀거리며 흘러나오기 시작했다.

쩌저적—!

신천우가 선 바닥이 소리를 내며 갈라지기 시작했다.

이를 보던 단서연이 함께 내력을 끌어올리기 시작했다.

화륵—!

단서연이 쥔 역천검에서 검붉은 기운이 불타오르듯 피어올랐다.

무연처럼 적마검 단계까지 도달하진 못했지만 적화검이 가진 위력을 잘 알고 있는 신천우는 단서연에게 시간을 주지 않으려 재빨리 몸을 날렸다.

"흡!"

콰앙——!

검과 검. 쇠붙이와 쇠붙이가 만들어낸 소리라 하기엔 너무나 큰 폭음이 천교당을 울렸다.

단순한 쇠붙이끼리의 충돌이 아닌 높은 수준의 내력과 내력이 맞부딪친 것이다.

"후우!"

뿌연 흙먼지 사이로 단서연의 신형이 튀어나왔다.

적화검은 여전히 불타오르는 강기를 유지하고 있었다. 그때 흙먼지를 뚫고 솟아오른 신천우가 빠르게 검을 내려 벴다.

그의 검 끝에서 뿜어져 나온 검은 검기가 반월 모양의 형태로 단서연을 향해 날아들었다.

이를 발견한 단서연이 몸을 옆으로 날렸다.

콰가가강—!

서 있던 자리가 터져나가며 크게 갈라졌고, 땅에 내려선 신천우가 몸을 빙글 돌리며 옆으로 몸을 날린 단서연을 향해 검을 휘둘렀다.

'적월마검(赤月魔劍) 역수(逆手)'

역수로 검을 쥔 단서연이 역천검을 크게 휘두르며 신천우의 검은 검기를 쳐냈다.

강한 반동 탓에 단서연의 신형이 뒤로 밀려났지만, 도리어 강한 반발력을 이용한 그녀가 몸을 빙글 돌리며 회전시켰다.

'이어지는 비린(飛燐)'

몸을 빙글 돌린 단서연이 역천검을 휘둘렀다. 그녀의 검에서 검붉은색 검기가 둥근 검환(劍環)의 기운으로 뭉쳐져 신천우를 향해 날아갔다.

"이따위……!"

이를 보며 신천우가 이를 악물고 단서연의 기운을 내려 벴다.

검은 검강이 깃든 신천우의 검이 단서연이 날린 검붉은 기운을 두 동강 냈다. 두 조각으로 나뉜 기운은 애꿎은 바닥에 떨어져 몸을 터트렸다.

쾅—!

콰앙—!

두번의 폭발이 일어나는 동안 몸을 빙글 돌린 단서연이 바닥에 착지했다. 동시에 두발에 내력을 집중해 바닥을 박 찼다.

쿵—!

단서연이 딛고 선 바닥이 움푹 파이며 금이 갔다. 그녀의 신형은 눈으로 쫓기도 힘들 만큼 빠르게 신천우를 향해 쇄도해 나갔다.

"어림없다!"

자신을 향해 빠르게 다가오는 단서연을 향해 신천우가 검을 높게 치켜들었다.

온몸을 감싸던 검은 기운들이 검신으로 모여들기 시작했다. 신천우의 검이 검게 물들며 그 몸집을 키우기 시작했다.

'수라검(修羅劍) 일도천세(一刀天洗)'

길게 뻗은 신천우의 묵검(墨劍)의 거대한 몸체가 바닥을 향해 엄청난 속도로 베어졌다. 앞으로 나아가던 단서연이 이를 악물며 손에 쥔 역천검에 온 내력을 쏟아 냈다.

검붉은 색으로 타오르던 역천검의 검신이 검붉은 색으로 변했다.

단서연 혼자서는 이루지 못했을 경지였을 것이다. 내력의 수준과 깨달음이 모자랐기에.

하지만 그녀의 검과 몸속엔 또 다른 기운이 도와주었다.

이질적이면서도 낯설지 않은 무연의 기운을 느끼며 단서연이 검을 강하게 말아 쥐고 신천우를 향해 눈을 부릅떴다.

'적마검(赤魔劍)'

신천우의 수라검과 단서연의 적마검이 허공에서 맞부딪쳤다.

콰아아아아─!

* * *

쿵─!
쿵─!
묵직하고 거친 쇳소리가 허공을 울렸다.

그럴 때마다 두개의 거대한 신형이 서로를 향해 날아들었다가 날아들던 반대방향으로 빠르게 튕겨 나가기를 수차례.

그제서야 두개의 거대한 신형이 제자리에 멈춰 섰다.

"하아… 하아!"

"후우! 후우!"

만신창이가 된 사슬추를 내려다보던 마장추가 눈을 들어 담백을 바라봤다.

담백 역시 정상은 아니었는지 양손을 내리깔고 있었다. 그의 양손에서 피가 뚝─ 뚝─ 떨어져 내려 바닥을 붉게 물들이고 있었다.

"크흐흐. 담백! 네놈이 미련하다는 것은 알고 있었지만, 정말이지 미련하기가 짐승과 다를게 없구나."

"네놈 같은 변태 새끼가 할 말은 아닐 텐데."

"크흐! 미련한 네놈의 두손을 박살 내주마!"

"그 전에 내가 네놈의 머리통을 먼저 박살내주마!"

두 사람의 신형이 엄청난 속도로 서로에게 날아들었다.

사슬추를 손에 쥔 마장추가 고개를 숙이며 사슬을 휘둘렀다.

마장추의 머리 위를 한바퀴 돈 사슬추가 사슬에 이끌려 눈에 보이지도 않을 만큼 빠른 속도로 담백의 가슴을 향해 날아들었다.

이를 본 담백이 눈을 부릅뜨며 양손을 들어 올렸다.

"이따위 사슬추!"

검은 권강으로 물든 담백의 오른 주먹이 사슬추를 쳤다. 내력이 깃든 사슬추가 쉽게 밀리지는 않았지만, 담백이 왼 주먹과 오른 주먹을 번갈아가며 사슬추를 쳐내자 납작하게 찌그러지며 뒤로 튕겨 나갔다.

"무식한 새끼!"

납작하게 찌그러진 사슬추가 뒤로 튕겨 나가자, 추에 메인 사슬을 뽑아낸 마장추가 사슬을 양손에 두르며 담백에게 달려들었다.

"큭!"

마장추의 사슬을 쳐낸 담백은 이어서 들어오는 마장추의 사슬 두른 주먹을 고개를 돌려 피했다. 그리고 허리를 돌려 마장추의 옆구리를 향해 오른 주먹을 찔러 넣었다.

쿵—!

내력의 충돌로 담백과 마장추가 딛고 선 땅이 크게 울리며 진동했다.

내력이 깃든 담백의 오른 주먹을 마장추가 급히 허리를 돌리며 왼팔을 들어 막아낸 것이다.

하지만 온전히 그 힘을 막아내진 못했는지 마장추의 신형이 붕 떠올랐다. 이 틈을 놓치지 않은 담백이 다시 반대 방향으로 허리를 돌리며 오른쪽 팔꿈치로 마장추의 복부를 쳤다.

"크헉!"

번개 같은 속도로 찔러 들어오는 담백의 팔꿈치를 막아내지 못한 마장추의 몸이 활처럼 휘었다.

"마장추. 이놈! 감히 주군의 몸에 손을 댄 것을 후회하게 해주마!"

자신의 팔꿈치에 맞아 뒷걸음질하는 마장추의 옷깃을 왼손으로 잡아챈 담백이 오른 주먹으로 마장추의 가슴과 턱, 얼굴을 쉴 새 없이 쳐댔다.

퍽―!

쾅―!

퍼억!

북 터지는 소리와 함께 마장추의 신형이 허공에서 펄떡거리기 시작했다. 붉은 피가 사방으로 튀며 땅을 붉게 물들였다..

"이, 이 새끼!"

자신의 옷깃을 잡은 담백의 손을 양손으로 쥔 마장추가 만신창이가 된 얼굴을 치켜들며 눈을 부릅떴다.

붉게 충혈된 마장추의 눈을 마주한 담백이 인상을 찡그리며 외쳤다.

"뭐, 이 새끼야!"

온몸을 두들기던 오른손으로 왼손과 같이 옷깃을 잡아챈 담백이 마장추를 높이 치켜든 후 바닥에 내리꽂았다.

콰앙―!

거꾸로 바닥에 처박힌 마장추의 신형이 바닥을 뚫고 들어갔다. 허리와 하반신만 흉흉한 모습으로 바깥에 남아 축 늘어졌다.

"후… 돼지새끼."

담백이 자리에 주저앉았다.

마장추와의 싸움을 오래 끌고 싶지 않은 마음에 전력을 다했다. 그 때문에 싸움이 끝나기가 무섭게 온몸의 힘이 빠져 서 있기도 힘들었기 때문이다.

"설영. 녀석은… 아직 멀었나?"

싸움을 마친 담백이 고개를 돌려 설영을 바라봤다.

카랑―!

캉―!

수십 마리의 강철뱀과 마주한 듯한 착각에 빠진 칠두가 인상을 찡그리며 뒤로 물러섰다.

왼손을 뒷짐을 진 채, 오른손으로 편검을 든 설영이 무미건조한 표정으로 칠두를 바라봤다.

"하여간… 이래서 네놈과는 싸우기 싫었는데!"

말을 마친 칠두가 입술을 잘근 씹으며 눈매를 좁혔다.

설영의 주무기는 편검이었다.

편검은 검신이 얇고 탄력 있어 상당히 유연한 싸움이 가능했다. 이를 자유자재로 다루는 설영은 날이 선 권갑을 무기로 쓰는 칠두에게 있어서 가장 까다로운 상대였다.

병장기의 싸움 중 가장 중요하다고 할 수 있는 길이의 싸움에서 편검을 든 설영이 우위를 점하고 있었다. 제아무리 길이를 극복하고자 다가서려 해도 설영의 편검이 칠두의 권갑을 뱀처럼 파고들어와 목을 노렸다.

감히 함부로 거리를 좁힐 수도 없는 상황.

"내 주군과 네 주군이 싸움을 시작했군. 결국 네놈과 나의 싸움은 중요하지 않다. 너와 내 주군 중 어느 주군이 살아남느냐가 가장 중요하지."

비릿하게 미소 지은 칠두의 말에 설영이 놀란 눈으로 뒤를 돌아보았다. 무연에게 듣기는 했으나 설마 정말로 단서연과 신천우가 맞붙을 줄은 몰랐던 것이다.

설영이 바라본 곳에는 검게 물들어 길게 쭉 뻗은 신천우의 묵검이 단서연에게 날아들고 있었다.

"주군!"

설영이 인상을 찡그리며 외치는 순간, 칠두의 신형이 엄청난 속도로 설영을 향해 쇄도해 나갔다.

권갑을 교차시키며 설영에게 날아들었는데, 단서연과

신천우의 싸움에 한눈을 판 순간을 노린 것이다.

'끝이다!'

금강조의 바짝 선 날이 설영의 목을 향해 한 치의 망설임도 없이 찔러 들어갔다.

푸욱―!

"미… 친……."

고개를 숙인 칠두가 자신의 가슴에 박혀있는 뻣뻣하게 날이 선 편검을 바라봤다.

"단 한번도 주군을 의심해본 적 없으며 또한 단 한번도 주군의 패배를 생각해본 적이 없다."

들려오는 설영의 무심한 목소리에 칠두가 고개를 천천히 들어 올렸다.

어느새 설영이 무심한 눈으로 바라보고 있었는데, 그의 눈과 표정에선 어떤 불안함도 찾아볼 수 없었다.

"이… 거 도리어… 내가 당했군."

신천우와 단서연이 맞붙는 순간을 이용해 틈을 만들려고 했던 칠두는 도리어 자신이 당했다는 것을 깨달았다.

자신의 주군이 절체절명의 위기에 빠지는 순간, 제아무리 설영이라도 신경을 쓸 수밖에 없을 거라 생각했다.

그러나 설영은 단서연을 믿었다.

누가 봐도 위험한 순간이었지만 단서연이 극복해내거나 피해내리라고 믿어 의심치 않았다.

서서히 기우는 칠두의 신형에서 편검을 뽑아낸 설영이

품속에서 작은 천을 꺼내 목에 둘렀다.

칠두의 금강조가 목을 살짝 찌르는 바람에 피가 흐르기 시작했기 때문이다.

"주군."

칠두의 죽음을 확인한 설영이 고개를 돌렸다.

* * *

"쿨럭!"

붉은 피를 쏟아낸 단서연이 흐릿해지는 시야를 겨우 붙잡으며 정면을 바라봤다.

묵검을 쥐고 선 신천우도 정상은 아니었는지 몸을 비틀대고 있었다. 강대한 내력간의 격돌에서 받은 충격이 적지 않았던 모양이었다.

"후우!"

검을 지지대 삼아 신형을 똑바로 일으킨 단서연이 신천우를 향해 걸어가기 시작했다.

신천우 역시 자신을 향해 다가오는 단서연을 발견하고는 몸을 꼿꼿이 세우며 걷기 시작했다.

서로를 향해 걸어가던 두 사람의 신형이 점점 빨라지기 시작했다. 이내 달리기 시작한 둘의 검이 서로를 향해 베어 들어왔다.

카앙―!

"너는 알고 있었지. 네 어미가 자살한게 아니라는 걸!"

검을 맞댄 신천우가 광기 어린 눈으로 단서연을 바라봤다.

"그래. 그리고… 누구 때문에 돌아가셨는지도 잘 알고 있지."

"하하! 네 앞에 서 있다. 네년의 어미를 능욕하고 목매달 았던 자가!"

우드득─!

단서연이 이를 갈았다.

그녀의 타오르는 복수심과 슬픔, 증오를 느낀 걸까. 신천 우가 더욱 광기 어린 웃음을 흘리며 외쳤다.

"자. 이젠 네 차례다, 단서연! 이곳에서 너를 쓰러뜨린 후 네 시체를 능욕하고 네 어미와 마찬가지로 목을 매달아 주마!"

신천우의 묵검이 더욱 묵직하게 단서연을 짓눌렀다.

적마검을 발현한 단서연의 신형이 점점 밀려나기 시작했 고, 그녀의 두 다리가 바닥을 파고 들어가기 시작했다.

내력도 힘도 신천우가 단서연보다 우위에 서 있었다.

"하……."

허탈한 한숨소리. 광기 어린 미소를 띤 신천우가 단서연 을 바라봤다.

미쳐 발광하거나 입술을 깨물며 끝없는 증오심으로 자신 을 바라볼 줄 알았던 단서연이 연민에 찬 눈동자로 바라보 자 신천우가 미소를 지웠다.

"이 개같은 년이 감히 그따위 눈으로 날 바라봐? 아무것도 가지지 못한 네년이!?"

신천우의 검이 더욱 거세게 단서연을 밀어붙였다.

단서연이 신형이 더욱 밀려 발목까지 바닥에 잠겼다.

"네년의 목을 매달지 않겠다. 여기서 네년의 몸을 갈기갈기 찢어 개들의 밥으로 줄 것이며, 네년이 좋아 죽는 무연이란 놈은 토막 내어 십만대산 이곳저곳에 뿌려주마."

"미친놈."

어느새 무심해진 눈으로 신천우를 바라보던 단서연이 역천검에 힘을 주었다.

밀려나던 신형이 우뚝 멈춰 섰고 도리어 신천우의 신형이 뒤로 밀려나기 시작했다.

"가, 감히!"

단서연의 적마검이 신천우의 묵검을 뒤로 밀어내기 시작했다. 있을 수 없는 일에 신천우가 눈을 부릅뜨고 단서연을 바라봤다.

분명 단서연은 자신보다 훨씬 아래의 실력을 가지고 있었다. 게다가 자신은 차기 마신이 될 거라며 그 재목을 인정받은 자였다.

"네년에게 질 것 같으냐!"

붉게 충혈된 눈을 부릅뜨며 신천우의 검이 다시 단서연을 짓눌렀지만, 그녀는 더 이상 뒤로 밀려나지 않았다.

오히려 느리지만 꾸준하게 신천우의 검을 밀어내기 시작

했다.

"혼자라면 불가능했겠지."

"뭐?"

그제야 신천우는 단서연의 놀랍도록 급성장한 힘의 정체를 깨닫고 고개를 돌렸다.

그곳에는 무연이 오연하게 서서 두 사람을 바라보고 있었다.

'설마 저놈이······!'

그러고 보니 단서연은 오랫동안 누적된 산공독에 의해 내력을 끌어올릴 수 없는 상태였다.

그런데 갑자기 전보다 강해진 내공으로 자신과 맞서기 시작했고 지금은 오히려 자신이 밀리고 있는 상태였다.

이렇듯 단서연을 회복시키고 강하게 만들어줄 수 있는 자는 단 한명.

'무연! 네놈의 짓인가!?'

그때 신천우의 머릿속에서 단서연의 양어깨에 손을 얹은 무연의 모습이 떠올랐다.

도대체 무슨 수를 쓴 건지 알 수 없었지만, 분명 단서연이 강해지고 산공독을 이겨내는데 도움을 줬으리라.

신천우가 무연을 바라보는 순간, 단서연이 신천우의 묵검에 맞댄 역천검에 힘을 풀었다.

당연히 온 힘이 가해진 신천우의 묵검이 두 동강 내기 위해 베어져 왔다. 검을 비스듬히 쥔 단서연이 오른쪽으로

몸을 비틀며 신천우의 검을 흘려보냈다.

'적월마검(赤月魔劍) 월광예도(月光刈屠)'

단서연의 적마검이 밝게 빛을 냈다.

그 순간은 너무도 찰나였기에 단서연에게 다시 고개를 돌린 신천우나 싸움을 지켜보던 설영과 담백, 이들과 마찬가지로 마교 최고 서열자와 밑바닥인 서열의 싸움을 지켜보던 마교의 무인들은 무슨 일이 벌어진 것인지 제대로 알지 못했다.

그나마 단서연의 검을 똑바로 바라본 자는 무연이 유일했다.

땡그랑.

묵색의 힘을 잃어 평범한 은빛을 내는 신천우의 검이 맑은 쇳소리를 내며 바닥을 뒹굴었다.

곧 신천우의 검 위로 붉은 피가 흘러내리기 시작했다.

"아?"

신천우는 멍한 표정으로 자신의 오른손을 바라봤다.

그곳엔 더 이상 검을 쥐고 있던 오른손이 존재하지 않았다.

텅 비어버린 그곳엔 울컥거리며 쏟아지는 붉은 피가 그 자리를 대신하고 있었다.

털썩—

신천우가 무릎을 꿇고 주저앉았다.

자신의 앞에 차가운 눈을 빛내며 서 있는 단서연을 올려다보았다.

"나를 죽일 테냐……? 그래, 죽여라! 그래서 네 어미를 죽인 나와 똑같은 인간이 되……."

스릉─!

한 치의 망설임도 없이 단서연의 검이 신천우의 목을 갈랐다. 아직 믿기지 않는 듯 신천우는 눈을 똑바로 뜬 채 입을 벌리고 있었다.

스륵.

단서연의 검이 벤 곳부터 붉은 줄기가 생기더니 신천우의 머리통이 서서히 몸과 분리되어 바닥을 뒹굴기 시작했고 분수처럼 뿜어진 피가 마른 하늘과 바닥을 적시기 시작했다.

"후……."

신천우의 목을 베어 낸 단서연이 검을 바닥에 꽂으며 신형을 지탱하며 버텼지만 그마저도 힘든지 두 다리가 부들부들 떨리고 있었다.

그때 그녀의 어깨로 따스한 손이 얹혀졌다.

"쓰러져 눕고 싶겠지만 지금은 아니야."

따스하지만 단호한 무연의 말에 단서연이 고개를 끄덕였다. 그녀 역시 잘 알고 있었다. 지금은 쓰러져야 할 때가 아니란 걸.

"응."

다소 힘 풀린 목소리로 대답한 단서연이 무연의 부축을 받고 천교당의 위에 우뚝 섰다.

천교당의 중심에 서자 혼인식을 위해 모여들었던 마교의 무인들이 한눈에 들어왔다.

그중엔 장로들도 있었고 평범한 마교의 무인들도 있었다. 그리고 그들은 하나같이 단서연을 바라보고 있었다.

"단서연. 만세!"

그때 내력을 가득담은 거친 목소리가 천교당을 울렸다.

살짝 놀란 단서연이 고개를 돌려보니 그곳에는 눈물이 그렁그렁 맺힌 담백이 큰소리로 단서연의 이름을 연호하고 있었다.

"단서연! 만세!"

뒤이어 메마르고 갈라진 듯한 목소리가 크게 천교당을 울렸다. 설영이 담백을 따라 단서연의 이름을 연호하기 시작한 것이다.

"단서연 만세!"

"단서연 만세!"

담백과 설영이 내력을 담아 단서연의 이름을 외치자, 마교 무인들이 단서연의 이름을 연호하기 시작했다.

그 목소리는 하나둘씩 많아지기 시작했고, 싸움을 방관하던 장로들도 단서연의 이름을 하나 되어 외치기 시작했다.

곧 마교의 모든 무인들이 단서연의 이름을 외치기 시작했다. 단서연이 이들을 쭈욱 둘러보다 미소를 지으며 고개를 돌렸다. 하지만 고개를 돌린 그곳엔 무연이 없었다.

"무⋯연?"

　　　　＊　　＊　　＊

　점점 커지는 단서연을 연호하는 목소리를 들으며 무연이
미소를 지었다.

　"큭!"

　하지만 가슴을 옥죄어 오는 통증에 인상을 찡그린 무연
이 울컥거리며 쏟아져 나오는 피를 억지로 삼켰다.

　"후… 무리했군."

　도군과 강여는 초절정의 무인이었다. 상대함에 있어서
방심할 수 없었다.

　또한 신천우의 기세를 꺾기 위해서는 단 한수에 목숨을
취해야 했고, 덕분에 혼신의 힘을 끌어낸 몸 상태는 별로
좋지 못했다.

　게다가 단서연에게 내력을 나누어 주면서 산공독까지 몰
아내었으니 한계까지 몰아붙인 신체가 붕괴하기 시작한
것이다.

　천교당 외곽 기둥에 등을 맞댄 무연이 서서히 바닥에 주
저앉으며 눈을 감았다.

　점점 더 크게 들리는 '단서연 만세'라는 소리에 미소를
지은 무연이 살짝 미소를 띠었다.

　"단각……."

뜻밖의 조우

"등천하신 것을 축하드립니다. 단서연님."

마뇌라 불리며 마교의 지략을 담당하는 조우충의 말에 단서연이 천천히 고개를 끄덕였다.

단서연이 신천우의 목을 베는 순간 그녀의 서열은 밑바닥에서 최고 서열까지 올라왔다.

게다가 전대 교주였던 단각의 아들 단명우의 딸이라는 이유로 이십 년간 비어 있던 교주의 직을 맡게 되었으나, 단서연은 한사코 이를 거절했다.

"단서연님, 이제 와서 교주 자리를 거부하실 순 없습니다. 신교의 정신적 지주이자 신교의 주인이라 할 수 있는 교주의 자리가 이십 년째 공석입니다. 물론 당시 최고 서열이었던 신천우가 이 자리에 오르려 했지만, 그자는 단서연님과 혼인한 후 교주에 자리에 오르겠다며 보류했습니다."

신천우가 교주가 되지 않은 이유는 단순했다.

단서연과 혼인함으로써 정통성과 함께 교주직을 맡겠다는 것이다. 마교에서 정통성을 따지는 것도 우스웠지만 그는 단서연의 완벽한 추락과 절망을 바랐다.

바로 그녀의 원수였던 자신이 그녀와 혼인하여 교주가 되는 걸 지켜보게 하려는 것이다. 물론 결국엔 혼인은커녕 혼인식 날 목이 날아가게 되었지만.

"이제 더는 미룰 수 없습니다. 당장 교주 임명식을 시작하시죠."

"일주일."

"네?"

"일주일만 생각할 시간을 줘."

단서연의 말에 조우충이 얼굴을 살짝 굳히며 고개를 숙였다.

"알겠습니다. 단, 거절하실 순 없습니다."

신형을 돌려 나가는 조우충을 바라보던 단서연이 자리를 박차고 일어섰다.

푹신하기 그지없는 의자와 자신만을 위해 준비된 무인들이 고개를 숙인 채 명을 기다리고 있었다. 마교 권력의 최

정점에 섰지만 그녀는 기분이 좋지 않았다.

"어디 가십……."

옆에서 그녀를 보좌하던 담백이 의자에서 일어나 어디론가 걸어가는 단서연을 보며 묻자, 설영이 급히 담백을 막으며 고개를 저었다. 그러자 담백이 멀어져 가는 단서연을 가만히 서서 지켜봤다.

그녀가 어디로 가는지는 굳이 묻지 않아도 짐작이 갔다. 교주의 자리라 할 수 있는 본당에서 빠져나온 쉬지 않고 걸어 도착한 곳은 말라 죽은 꽃들로 가득한 화단이었다.

"어머니……."

어머니였던 양소윤이 살아생전 가장 사랑했던 공간이었다. 원래는 형형색색 아름다운 꽃들이 잔뜩 피어 있던 곳이었고 향긋한 꽃내음으로 가득한 곳이었지만, 오랫동안 방치해 둔 덕에 이제는 메말라 비틀어져 죽은 꽃들로 가득했다.

"신천우가 죽었습니다. 어머니를 사지로 내몬 그놈들을 모조리 찾아 죽이려 했지만… 그럴 순 없었습니다."

최고의 복수 상대였던 신천우는 죽었다. 그를 보좌하던 사마수도 모두 죽었다. 이 상태로 다른 마교 무인들에 대한 숙청이 이어진다면 분명 반발이 있을 것이다.

아직 교주직에 오른 것이 아니었으니 복수라는 이름의 숙청은 불가능했다.

"제 힘만으로 이룬 것은 아니에요."

화단의 중심에 놓여있는 먼지 쌓인 의자에 앉은 단서연이 아련한 눈빛으로 화단을 돌아보았다. 화사한 꽃들이 가득했던 아름답던 화단의 기억을 떠올리던 단서연이 눈을 감았다.

따스한 햇살이 그녀를 비추었다.

"후련해 보이네."

귓가에 들리는 낯익은 목소리에 단서연이 미소를 띠었다.

"떠난 줄 알았어. 이곳에서의 볼 일은 끝났다면서."

눈을 뜬 단서연이 고개를 돌렸다. 그곳에는 검은 무복을 입은 무연이 화단을 둘러보며 서 있었다.

"아직 봐야 하는 자료들이 남아 있어서 말이야."

"필요하면 말해. 정보열람실을 열어줄 테니까."

"그래. 하지만 지금은 좀 쉬고 싶은데……."

그 말을 들은 단서연이 몸을 살짝 옆으로 비켜 의자에 빈 공간을 만들어 주자 무연이 옆자리에 앉았다.

"조우충이란 자가 내게 교주직을 맡으라고 제안했어."

"교주라… 하긴, 이십 년간 교주 자리가 공석이었으니 급할 만도 하지."

의자에 앉아 팔짱을 낀 무연이 고개를 끄덕였다.

그도 그럴 것이 마교의 정신적 지주이자 주인이라 할 수 있는 교주의 자리가 이십 년간 공석이었다.

물론 아무나 교주의 자리에 앉힐 수 없었으니 어쩔 수 없

었다고는 하나, 지금은 최고 서열이었던 신천우를 이긴 단서연이 존재했다.

게다가 단서연은 전대 교주인 단각의 손녀이자, 그런 단각의 아들 단명우의 딸이었고, 수준 또한 증명되었으니 교주가 못 될 이유가 전혀 없었다.

"잘됐군. 교주가 된다면 네가 이루고자 했던 것들을 모두 이룰 수 있을 테니까."

잘됐다 고개를 끄덕이며 말했지만 단서연은 대답하지 않았다. 오히려 복잡해진 눈으로 하늘을 바라보고 있었다. 말없이 복잡한 얼굴로 하늘을 바라보자 무연이 말했다.

"용천단이 걸리나?"

무연의 물음에 하늘을 바라보던 단서연이 고개를 내려 무연을 바라봤다.

묘한 눈으로 무연을 바라보던 단서연이 고개를 저었다.

"아니, 내게도 용천단은 특별한 의미를 가지지만 그것 때문에 교주의 자리를 포기할 정도는 아니야."

용천단은 단서연에게도 특별한 의미를 가지고 있었다.

동료라는 것을 처음 가져본 곳이었고 벗이라는 것을 처음으로 갖고 느껴본 곳이었다. 하지만 그뿐이었다. 교주 자리를 포기할 정도로 용천단이 단서연에게 특별하진 않았다.

"그럼?"

의아한 표정으로 묻자 단서연은 말없이 무연을 바라봤

다.

그러다 자신도 알 수 없는 듯 고개를 저으며 하늘을 향해 시선을 두고 말했다.

"글쎄."

자신도 알 수 없다는 듯 고개를 젓는 단서연의 모습에 무연이 말없이 고개를 끄덕여 주었다.

사실 단서연은 교주의 자리에 앉고 싶지 않았다.

그 자리는 마교의 무인이라면 누구나 탐낼 만큼 매혹적인 자리였다. 지금은 비록 정사대전에서 패해 십만대산으로 피신해 있지만 그럼에도 마교는 마교였다.

중원의 7할을 장악한 무림맹이 끊임없이 경계하고 있을 만큼 강인한 힘을 보유하고 있는 곳이었고, 끝없는 잠재력을 가진 곳이었다. 이곳의 지존이 교주였으니 누가 그 자리를 탐내지 않을 수 있을까.

하지만 그럼에도 단서연은 교주의 자리에 앉기 싫었다.

하늘을 바라보던 단서연이 살며시 고개를 돌려 자신과 마찬가지로 하늘을 바라보는 무연을 바라봤다.

'볼 수 없겠지.'

무연은 무림맹에 소속된 무인이었다.

용천단의 부단주였고 이번 일을 마치면 무림맹으로 복귀해야 했다.

그리고 무림맹의 일원으로서 다시 임무를 수행하기 위해 바삐 움직일 것이다.

그는 그런 자였으니까.

만약 자신이 교주가 된다면 다시는 무연과 만나기 힘들어질 것이다.

서로 사는 세계가 달랐고 서로의 원수였다.

"내가 교주가 되면, 우린 다시 만나기 힘들겠지."

생각이 여기까지 미치자 단서연은 문득 궁금해졌다. 무연은 자신을 어떻게 생각하는지.

"신교로… 와."

고개를 완전히 내린 단서연이 무연을 똑바로 바라보며 말했다. 그녀의 제안을 들은 무연도 고개를 내려 그녀를 마주 바라봤다.

"내가 교주가 되면 네게 무림맹 못지않은 대우를 해줄 수 있어. 아니, 더 높은 지위를 원하면 그럴 수도 있어. 넌 그만한 힘을 가지고 있으니까."

단서연의 말이 조금 빨라졌다.

평소 그녀답지 않은 조급한 모습에 무연이 말없이 들어주었다. 말없이 자신을 바라보는 무연을 향해 단서연이 떨리는 목소리로 말했다.

"무림맹으로……."

가슴이 빨리 뛰는 것을 느낀 단서연이 저도 모르게 오른손을 들어 가슴에 얹었다.

"가지 마."

용천단. 특별했지만 단서연에게는 교주만큼 큰 의미를

가지지 않았다.

　무림맹에서 보낸 시간들은 마교에서 보낸 시간들보다 특별했고 행복했지만 그냥 그뿐이었다. 미래를 위해서는 과감하게 용천단을 포기할 수 있었다.

　주어진 행복을 저버릴 수 있었다.

　하지만 무연만큼은 보내기 싫었다.

　"네가 돌아가고 내가 교주가 된다면 나는… 널 만나지 못해."

　교주가 된다는 것은 마교의 주인이 된다는 뜻이었다. 마교의 주인이 된다는 뜻은 마교에 발이 묶인다는 뜻이었다.

　전처럼 자유롭게 세상에 나설 수가 없다는 뜻이었다.

　말없이 단서연의 말을 들어주던 무연이 손을 들어 그녀의 머리를 쓰다듬었다.

　항상 어린애 다루듯 머리를 쓰다듬는 것을 못마땅하게 생각했지만, 지금만큼은 그 손의 따스함이 가슴을 저리게 했다.

　"아직 해야 할 일들이 많이 남았어."

　"이곳에서… 할 순 없는 거야?"

　간절한 단서연의 물음에 무연이 단호하게 고개를 저었다.

　"지금 중원에서 가장 큰 힘을 지닌 것은 무림맹이고, 그런 무림맹에 혈교가 잔가지를 뻗치고 있어. 이를 막아내기 위해서 나는 무림맹에 남아 있어야 해."

담담한 무연의 말에 단서연이 고개를 숙였다.

예상은 했지만 직접 이렇게 말을 하니 눈물이 왈칵 쏟아질 것만 같았다.

단서연이 고개를 숙이자 무연이 난처한 듯 그녀를 내려다보았다. 사실 무연은 이 상황이 매우 곤혹스러웠다.

비록 단서연에게 정체를 숨기고는 있지만 그는 무소월이었다.

단각의 벗이자 송월의 벗이었고 과거 무신이라 불리던 자였다. 지금은 어쩔 수 없이 무연이라는 이름을 쓰고 있었고 반로환동을 통해 어려지긴 했지만 그가 근 백년을 살아온 사람이라는 사실은 바꿀 수 없었다.

'난처하군. 단서연은 내 벗의 손녀이거늘.'

난처한 건 그뿐만이 아니었다.

단서연은 무연의 벗이었던 단각의 손녀였다.

벗의 손녀를 사랑한다면 그것만큼 해괴한 것도 없을 것이다.

'아니, 그럴 순 없지. 그러면 후에 단각의 얼굴을 어찌 보겠는가.'

생각을 마친 무연이 고개를 저었다.

어디까지나 그는 단각의 벗이었고 무신 무소월이었다.

자신을 향한 단서연의 마음을 어렴풋이 알고는 있었으나 차마 받아줄 수가 없었다.

"나는 그럼 어떻게 해야 하지?"

고개를 숙인 단서연이 조용히 물어왔다. 그 목소리엔 울먹거림이 섞여 있었다.

"네가 하고 싶은 대로 하도록 해. 네 인생의 선택은 네 몫이니까."

가장 좋은 답은 교주가 되라는 것이었지만 무연은 그녀에게 교주가 되라며 강요하지 않았다. 어디까지나 단서연의 삶은 그녀의 것이었고 선택 역시 그녀의 몫이었다.

어느 쪽으로 가라고 강요하고 싶지 않았다. 무연의 말을 들은 단서연이 고개를 들어 무연을 바라봤다.

"내가 하고 싶은 대로?"

"네가 하고 싶은 대로."

"그래."

단서연이 고개를 끄덕였다.

* * *

"정보열람실은 여기야. 이곳에 신교의 모든 역사가 기록되어 있어. 아마… 정사대전도 기록되어 있을 거야."

단서연의 말에 무연이 방대한 크기의 열람실을 둘러보기 시작했다. 그렇게 둘러본 지 일다경쯤 지났을 때, 정사대전에 대한 기록물을 찾은 단서연이 무연을 불렀다.

"여기 있어."

단서연의 부름에 그녀에게 다가가자 먼지 쌓인 책자 중

에 유독 붉은색으로 빛을 내는 서적들이 존재했다.

분량은 열다섯권 정도 되었는데 생각보다 많지는 않았다.

"기록된 양이 적은 편이군."

"아무래도 마교는 정사대전에서 패배했으니까 뼈아픈 기록을 많이 남기고 싶지 않았겠지."

그녀의 말대로 마교는 정사대전의 패배자였다. 패자의 기록은 많지 않았다.

"이게 제일 처음인 것 같은데?"

열람실 한쪽에 마련된 탁자에 둘러앉은 단서연이 열다섯권의 서적 중에서 가장 처음 정사대전에 대해 기록한 서적을 펼치며 말했다. 무연이 펼쳐진 서적의 내용을 천천히 훑기 시작했다.

[단명우가 죽었다. 오체분시를 당했고 시신에서는 내공흔을 찾아볼 수 없었다.]

[교주인 단각이 분노하여 흉수를 찾으려 했지만 흉수를 찾긴 어려웠다.]

[단각이 무림맹주 백서문을 추궁하였으나 그는 혐의를 인정하지도 부정하지도 않았다.]

[끝없는 다툼이 이어지고 결국 정사대전이 발발했다.]

[호남과 귀주에서 사천당문과 화산파의 무인들이 신교의 무인들과 맞붙었다.]

[신교의 귀살대가 전멸하고 사천당문이 큰 피해를 입었다.]

[귀주에서 화산제일검 장사혁이 나타났다. 이를 웅패가 막아섰다.]

꽤 상세하게 정사대전의 내용이 적혀있는 자료들을 보던 단서연이 중얼거렸다.

"내가 봤던 자료들보다 상세하게 적혀있어. 이것들을 정리해서 무림맹으로 가져가면 되는 것 아냐?"

"응. 원래의 목적은 무림맹과 마교의 자료를 비교해보는 것이었으니까."

무연이 고개를 끄덕이며 말하자 단서연이 자리에서 일어나 내용이 빈 서적을 하나 가져와 붓을 들었다.

"여기 있는 자료를 빼내 갈 수 없으니 따로 정리하자."

"그래."

무연이 마교가 정리한 정사대전의 역사에 대해 읊으면 단서연이 필요한 정보를 추려 적기 시작했다.

이 작업은 닷새간 이어졌다. 내용이 생각보다 많았고 정리가 필요한 자료가 많았기 때문이다. 제대로 자지 못한 단서연이 짧은 하품을 하며 붓을 내려놓았다.

"이걸로 끝이야?"

"끝이야."

무연의 대답에 단서연이 두팔을 넓게 벌리며 탁자에 머

리를 박고 쓰러졌다.

피곤했는지 탁자에 머리를 박은 단서연은 금세 잠이 들었다. 새근새근 잠든 단서연을 조심스럽게 안아든 무연이 침실에 단서연을 눕히고 방을 빠져나왔다.

"하던 작업은 끝났나 보군?"

설영의 물음에 문을 닫은 무연이 고개를 끄덕이며 말했다.

"대충은……."

"그동안 경황이 없어 제대로 묻지 못했지만 너, 정체가 뭐지?"

진지해진 얼굴로 설영이 무연을 향해 물었다.

"여기서 할 얘기는 아닌 것 같은데."

"자리를 옮기지."

설영을 따라 자리를 옮긴 곳은 외진 곳에 있는 버려진 흉흉한 모습의 폐가였다.

"다시 묻지. 네 정체가 뭐지?"

"내가 너를 어디까지 신뢰할 수 있지?"

도리어 묻는 무연의 질문에 설영이 말없이 바라보다 입을 열었다.

"주군에게 있어… 분하지만 너는 중요한 존재다. 주군이 저 정도로 마음을 쓰는 자는 너밖에 없으니까."

"그 말은……?"

"네가 누구든 어떤 자든 주군에게 해가 되지 않는다면 나도 네게 피해를 주는 일은 없을 거다."

정체가 누구든 간에 주군인 단서연에게 피해가 가지 않는다면 누구에게도 정체를 발설하여 피해를 주지 않겠다는 설영의 말에 무연이 천천히 고개를 끄덕이며 말했다.

"무소월의 제자다."

처음 무연의 말을 듣는 순간 이해가 안 되었는지 의아해하던 설영의 눈이 점점 커지기 시작했다.

"무신의… 제자라고?"

"그래."

담담히 인정하는 무연의 모습에 설영이 혼란스러운 표정을 짓다가 이내 다시 물었다.

"무신이 살아 있었나?"

"다행히도."

"그렇군… 그래… 이제야 납득이 되는군. 어째서 네가 주군의 검법을 알고 있었는지… 어찌 그 나이에 그런 힘을 가지고 있었는지."

비록 설영은 마교인이었지만 무소월을 모르지 않았다.

과거 정사를 구분하지 않고 무인의 정점에 선 자가 바로 무소월이었다. 정과 사를 초월해 모든 무인에게 경외를 받던 자. 중원의 최강자.

"사패천님이 이를 알았다면……."

"사패천?"

이번엔 무연이 의아한 표정으로 설영을 바라봤다.

84

설마 설영의 입에서 마교의 4호법 중 한명이었던 사패천의 이름이 나올 줄은 몰랐기 때문이다.

"설마 사패천님을 알고 있나?"

사패천이란 이름에 무연이 놀란 듯 바라보자 설영이 궁금하여 물었고, 그의 물음에 고개를 끄덕이며 말했다.

"과거 정사대전 때 실종된 마교의 호법 중 한명이지 않나?"

"그걸 네가 어떻게 알고 있지?"

"그는 살아 있나!?"

설영에게 다가간 무연이 다급하게 묻자 설영이 혼란스러운 눈으로 무연을 바라보다 이내 고개를 끄덕였다.

"아직… 살아계시다."

"만나고 싶다. 만나게 해줄 수 있겠나?"

"어째서?"

"만나면… 알려줄게."

* * *

마교의 정문이 열리며 무연과 설영이 빠져나왔다.

사패천은 광동의 외진 곳에 위치한 용혈산에 있었다.

설영은 무연을 데리고 이 산을 오르기 시작했다.

오르는 와중에 무연이 입을 열었다.

"어째서 사패천을 알고 있는 거지?"

실종된 줄로만 알았고 어쩌면 죽었을 거라 생각했던 사패천의 생존 소식에 무연이 의아한 듯 설영을 향해 물었다.

앞에서 빠르게 산을 타던 설영이 신형을 멈추지 않은 채 말했다.

"그분은 나와 담백의 스승이시다. 주군에게 보살핌을 받기 전 그분을 만났지."

"스승?"

"그래. 하지만 정사대전에서 얻으신 상처 때문에 용혈산을 벗어나지 못하고 계신다."

"그렇군."

과거 정사대전의 기억을 떠올린 무연이 인상을 찡그렸다.

마교의 4대 호법. 유일하게 무연과 함께 혈교를 저지했던 마교의 무인들이었다.

당시 장대웅을 비롯한 혈교의 수뇌부들과 혈전을 벌였다. 무연은 그들과 다른 쪽에서 혈교주와 혈교의 무인들을 상대하고 있었다.

당시 그들이 장대웅을 가까스로 사지로 몰아내는 것까지 봤다. 그러나 그 이후 그들의 소식은 들을 수 없었다.

"여기다. 여기서 기다려. 나도 오랜만에 뵙는 거니."

용혈산의 거의 정상까지 올라오자 허름한 나무집이 눈에 띄었다.

이를 발견한 설영이 조심스레 나무집으로 다가갔다.

"스승님, 설영입니다. 안에 계시는지요."

설영의 부름에도 나무집에서는 아무런 목소리도 들려오
지 않았다.

"스승님, 안에 계십니까?"

설영이 다시 불렀음에도 나무집에서는 아무런 목소리가
들려오지 않았다.

그러자 불안함을 느낀 설영이 급히 문을 열고 나무집으
로 들어갔다.

우당타탕!!

집기들이 부서지는 소리와 함께 설영이 허겁지겁 문을
벌컥 열어젖히고 밖으로 나왔다.

그리고 그의 뒤로 온갖 집기들이 날아들었다.

"이놈이! 여자에게 눈이 팔려 스승을 버리고 떠나더니!
이제야 모습을 비춰? 이 망할 것!"

"스, 스승님! 저번에도 말씀드리지 않았습니까! 제 주군
은 단각님의 손녀라고요!"

"단각!? 단각이 누구냐!"

노망이 든 듯 단각의 이름을 기억 못하는 노인이 눈매를
좁히며 설영을 노려보기 시작했다.

"이 고얀 놈이! 그런 거짓부렁으로 감히 하늘같은 스승
을 농락하려 들어!?"

"아, 아닙니다!"

쫓기는 설영과 그를 뒤쫓는 노인을 말없이 바라보던 무연이 천천히 노인에게 다가갔다.

"사패천."

자신을 부르는 목소리에 노인이 고개를 홱 돌리며 말했다.

"뭐냐! 새파랗게 어린놈이 어디 어르신의 이름을 함부로……."

무연을 발견한 노인이 하던 말을 멈추고 눈을 동그랗게 떴다. 동시에 몸은 부들부들 떨리고 있었다.

그는 아직 믿기지 않는 듯 손으로 눈을 부비며 말했다.

"다, 당신은……?"

"살아 있었는가? 자네가 죽은 줄로만 알았거늘."

"사, 살아 계, 계셨습니까?"

노인, 사패천의 눈에서 굵은 눈물방울이 흘러내렸다.

스승인 사패천이 눈물까지 흘리며 말을 높이자 놀란 설영이 두 사람을 번갈아 바라보았는데, 사패천이 무연을 이끌며 말했다.

"이야기가 길어질 듯하니 안으로 드시지요. 설영이 네놈은 밖에서 반성하고 있거라."

어느새 정신을 차린 듯 설영을 호되게 혼낸 사패천이 무연을 데리고 나무집으로 들어섰다.

"어찌 이제껏 살아계셨다는 말 한마디 없으셨습니까?"

"미안하네. 그나저나 송월도 내 모습을 못 알아봤는데

자네는 알아보는군. 날 한눈에 알아본건 자네가 두 번째야."

"이 나이가 되면 볼건 못보고, 못 볼건 보게 되는 법이지요."

굽은 허리를 간신히 펴며 무연을 향해 살짝 고개를 숙인 사패천이 조용히 읊조렸다.

"혈교의 난을 막아낸 지 이십 년이 지났습니다. 그동안 어찌 지내셨습니까. 또 그 모습은 어떻게……?"

주름진 얼굴의 사패천을 보며 무연이 미안한 듯 어색한 미소를 띠며 말했다.

"말하자면 좀 길어지네."

"제겐 이제 남는 것이 시간입니다."

사패천이 고개를 들어 무연의 두눈동자를 바라보며 말했다.

"무신(武神)님."

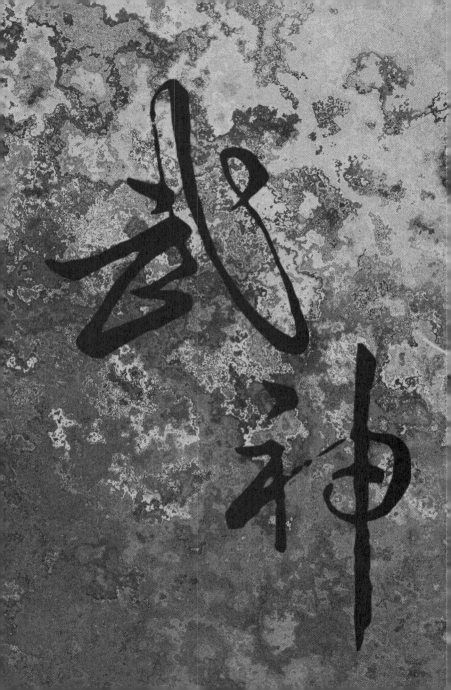

비사(祕史)

　"혼란이 가득했습니다. 싸움은 길어졌고 저희들은 지치기 시작했습니다."

　이어지는 사패천의 말에 무연이 눈을 질끈 감았다.

　그의 말대로 혈교를 상대한 무연과 마교의 4대 호법의 싸움은 혼돈 그 자체였다. 수만의 군세에 대적하는 다섯 명의 무인들은 처절하게 싸웠다.

　그중 단연 돋보인 이는 무연, 아니 무신(武神) 무소월이었다.

　"혈교……."

　무연의 의식이 아득히 먼 옛날로 돌아갔다.

콰앙—!

일수에 땅이 꺼지고 일수에 혈교의 무인들이 목숨을 잃었다. 폭풍이 몰아쳤고 대지가 뒤틀렸다.

한때는 바람이었고, 한때는 막을 수 없는 거센 물줄기가 되었다. 종국엔 대지를 뒤엎는 지진이 되어 혈교의 무인들을 쓰러뜨린 무소월이 거친 숨을 몰아쉬며 혈교주를 바라봤다.

삼십대 혹은 사십대 정도 되었을까, 중년의 모습을 한 붉은 도포를 입은 혈교주가 무소월을 향해 다가왔다.

"오늘 난……."

붉게 변한 손을 들어 올린 혈교주가 무소월을 가리켰다.

"신이 된다!"

말이 끝나기 무섭게 붉은 무복을 입은 혈교의 무인들이 각자의 병장기를 들고 무소월을 향해 날아들었다.

한명 한명이 일류를 넘어선 무인이었고 절정에 달한 무인들도 상당했다.

광기에 젖은 눈으로 자신을 향해 쇄도해 오는 거대한 붉은 물결을 보며 무소월이 양손을 들어 올렸다.

은빛으로 빛나는 기운이 소용돌이치며 무소월의 양손을 뒤덮기 시작했다.

"죽어라!"

용맹하게 날아든 혈교의 무인이 긴 장창을 무소월의 가슴에 찔러 넣었다.

하지만 그의 찌르는 속도보다 무소월이 장창을 잡아채는 속도가 더욱 빨랐다.

단숨에 장창의 끝을 붙잡힌 혈교의 무인이 인상을 찌푸리며 안간힘을 다해 장창을 빼내려 했지만 무리였다.

거대한 바위에 짓눌린 듯 움직일 기미를 보이지 않는 장창을 보며 혈교의 무인이 절망 어린 표정을 짓는 순간, 무소월이 조용히 말했다.

"비켜."

"뭐?"

퍼억—!

장창을 쥐고 있던 혈교 무인의 머리가 터져나갔다.

붉은 선혈과 뼛조각, 살덩이들이 뇌수와 함께 하늘 아래에 흩뿌려졌다. 이를 본 혈교의 무인들이 인상을 찡그리며 뒤로 물러섰다.

누구도 혈교 무인의 머리가 왜 터졌는지 본 이가 없었기 때문이다.

"일곱."

무소월이 일곱 번째 걸음을 내딛었다.

콰가가가강!

"마, 막아!"

"저… 저걸 무슨 수로 막아!?"

막으라는 외침과 함께 비명소리가 허공을 가득 메우기 시작했다.

하늘도 붉게 변한 듯 주홍빛으로 물들기 시작했다. 황토빛깔을 뽐내던 메마른 대지가 붉은 피를 잔뜩 취하며 적갈색으로 변해가고 있었다.

생을 마감한 붉은 무복의 무인들이 그 대지를 못자리 삼아 몸을 누이고 있었다.

"막… 커억!"

혼신의 힘을 다해 무소월을 막으라고 외치던 혈교 무인의 왼쪽 어깨에 생겨난 붉은 선은 그의 치골까지 길게 뻗어졌다. 뒤이어 그의 몸이 반으로 나뉘며 피를 뿜어냈다.

반토막 나 쓰러진 혈교 무인의 뒤로 무소월의 신형이 엄청난 속도로 달려가기 시작했다.

달려 나가는 무소월의 직선상에는 혈교주가 서 있었다.

그는 흥분되는지 붉게 변한 눈동자를 번뜩이며 광기에 젖은 웃음을 지어냈다.

"오라! 검은 범이여! 중원의 최강자여!! 무신이여!!!"

광기에 젖어 양팔을 뻗은 혈교주가 맹렬히 달려오는 무소월을 향해 외쳤다.

그의 말에 화답하듯 무소월이 조용히 중얼거렸다.

"아홉."

아홉 번째 걸음.

무장나선의 아홉 번째 단계가 무소월의 몸에서 발현되었다. 희미하게나마 잔상을 남기며 이동하던 무소월의 신형이 허공에서 사라졌다.

"어디로 간 거지!?"

혈교의 무인이 우왕좌왕하며 주변을 두리번거렸다.

그런데 이상하게도 무소월을 막으려 앞을 막아섰던 혈교의 무인들이 멍하니 서 있었다.

"뭘 멍하니 서 있는 거…….."

멍하니 서 있는 무인들을 타박하려던 혈교의 무인이 입을 쩍 벌렸다.

그의 앞에서 멍하니 서 있던 혈교의 무인들은 사실 서 있었던 게 아니었다.

가슴에 주먹만한 구멍이 뚫린 채 이미 죽어 있었는데, 가슴에 가해진 힘과 속도가 어찌나 빨랐는지 몸이 반응을 느낄 새도 없이 가슴이 뚫려 죽은 것이다.

그렇게 죽은 이가 한두명이 아니었고 무연과 일직선으로 서 있던 수십, 수백의 무인들이 같은 모습으로 죽어 있었다.

"이, 인간이… 인간이 할 수 있는 짓이란 말인가!?"

이 모습을 멀리서 지켜보던 혈교주가 이마를 타고 흐르는 식은땀과 등골에 끼치는 소름을 온몸으로 느끼며 몸을 부르르 떨었다.

"정녕 무신이란 말인가……!"

혈교주는 그제야 깨달을 수 있었다.

어째서 정파와 사파가 서로의 균형을 유지한 채 서로의 힘과 영역에 간섭하지 않았는지. 어째서 중원이 평화로웠는지를.

"이 남자를 과연 누가 막을 수 있겠는가."

흥분을 애써 감추며 혈교주가 양손에 내력을 가득 끌어
올렸다.

곧 그의 양손에 검붉은 기운이 가득 모여들기 시작했다.

만혈사장(萬血射掌)의 기운을 양손에 머금은 혈교주가
두눈을 부릅뜬 채 무소월의 움직임을 쫓았다.

그의 움직임은 인간의 움직임이라 볼 수 없을 만큼 빠르
게 자신을 향해 다가오고 있었다. 그가 지나간 자리엔 목
숨을 잃은 혈교 무인들만 남아 있었다.

'조금만… 조금만 더 오너라!'

잔상조차 남기지 않으며 공간을 뛰어넘듯 달려오는 무소
월을 보던 혈교주가 두눈을 크게 뜨며 외쳤다.

"지금이다!"

혈교주의 외침과 동시에 공간을 뛰어넘듯 빠르게 달려오
던 무소월이 허공에 번쩍하고 모습을 드러냈다.

허공에서 모습을 드러낸 무소월이 바닥에 내려앉으려는
순간, 갑자기 지면이 울렁거리기 시작했다.

이를 본 무소월은 얼굴을 굳혔다.

"죽어라!"

콰아아아아—!!

거대한 폭음과 함께 땅에 내려앉기도 전 울렁거리던 대
지가 폭발했다.

그 위력이 어찌나 강력한지 멀찍이 떨어져 있던 혈교 무인들마저 폭발의 위력에 목숨을 잃거나 귀와 눈이 멀어버릴 정도였다.

폭발이 일어나는 순간, 혈교주가 빠르게 앞으로 손을 펼쳤고 그의 손을 붉게 물들이던 만혈사장의 기운이 뻗어나가 폭발에 힘을 더 했다.

"크하하! 네놈이 제아무리 무신이라 해도! 결국엔 인간이다!!"

거대한 장원 하나를 통째로 날려버릴 만큼의 폭약이 바로 아래에서 터졌다.

폭발의 위력이 어찌나 강렬한지 아직도 대지는 울렁거렸다. 오랜 세월 땅에 뿌리를 내리고 있던 나무들도 꺾이거나 뽑혀나갈 정도였다.

게다가 온 내력을 다한 만혈사장의 기운까지 더해졌다.

정말로 신이 존재 한다고 한들 이 폭발 속에선 살아남지 못할 거라고 생각될 정도의 위력이었다.

"열… 한번째."

쿵—!

폭발로 인해 가득 피어올라 온 대지를 뒤엎고 있던 흙먼지가 일순 좌우로 갈라졌다.

갈라지는 흙먼지 속에서 무소월이 주먹을 말아 쥔 채 혈교주를 노려보고 있었다.

"마, 말도 안 돼! 주, 죽여 당장!!"

머리카락이 모두 타버린 듯 대머리가 되었고 무복은 전부 그을려져 누더기가 되어 있었다.

거대한 폭발의 영향으로 온몸의 뼈가 박살난 것 같았다. 근육은 비명을 질렀으며 얼굴이 으깨진 탓에 시야도 제대로 보이지 않았다.

그저 보이는 것은 자신을 향해 몰려드는 혈교의 무인들뿐.

"마지막."

무장나선의 최종단계이자 극성이라 할 수 있는 열한번째 단계에서 무소월이 마지막 단 한번의 발걸음을 더 내디뎠다.

열두 번째 걸음.

은빛을 내뿜던 무연의 신형에서 푸른 기운이 폭사되기 시작했다.

혼(魂) 그 자체를 내공으로 승화시켜 사용한다는 혼천진기(魂天振氣)가 발현되기 시작한 것이다.

혼천진기는 혼을 불태워 사용하는 기운이었기에 필사(必死)하겠지만, 그럼에도 전혀 개의치 않고 무소월은 앞으로 나아갔다.

"그래. 나는 그때 죽었어야 했다."

회상을 마친 무소월, 아니 무연이 눈을 뜨며 말했다.

사패천이 의아한 표정으로 무연을 바라보자 자신의 양손

을 내려다보며 입을 열었다.

"혼천진기를 사용했고 극성에 달한 무장나선의 기운을 뛰어넘었다. 본래라면 죽었어야 했지."

"하지만, 살아 계시지 않습니까?"

사패천의 말에 무연이 작게 고개를 끄덕였다.

마지막 열두 번째 걸음을 걷고 난 후의 기억이 존재하지 않았다.

지금 와서 보니 혈교주를 온전히 죽이는 것엔 실패했지만 혈교에 큰 타격을 주는 데는 성공한 모양이었다.

"내가 이 모습이 된 이유는 환골탈태와 반로환동을 겪은 탓이라 생각했다. 대부분의 내공이 소실된 까닭은 혈교와의 싸움 중에 혼천진기를 사용한 탓이겠지."

제대로 된 이유를 알지는 못했지만 7할이라는 대부분의 내력을 상실한 이유에 환골탈태와 반로환동. 그리고 마지막에 사용한 혼천진기 때문이라 추측했다.

"문제는 내가 왜 연무봉에서 깨어났느냐다."

"연무봉요? 그곳은 하북에 있는 봉우리가 아닙니까?"

"그래. 나와 호법들이 혈교에 맞선 곳은 하북과는 전혀 다른 곳이야. 내가 스스로 연무봉에 갔을 리가 없으니 누군가 나를 연무봉에 옮겨 놓을 것일 텐데. 그 이유도, 누가 그랬는지도 모르겠어."

무연의 말을 잠잠히 듣고 있던 사패천이 고개를 끄덕이며 말했다.

"이유야 어찌 되었건, 누가 그랬건. 살아 계신 걸 알게 되니… 기쁘기 그지없군요."

"고맙네. 그런데 마지막으로 호법들이 장대웅을 사지로 몰아넣는 것까지 봤는데, 무슨 일이 있었던 거지?"

무연의 물음에 사패천이 눈에 띄게 안색을 굳히며 말했다.

"우스운 일이었습니다. 그런 일이 있으리라고는 상상도 하지 못했죠."

덜덜 떨리는 손으로 간신히 바닥을 짚고 몸을 지탱한 사패천의 주름진 눈이 아득해지기 시작했다.

쾅—!

피를 잔뜩 흘리는 장대웅이 비틀거리며 물러섰다.

어깨뼈가 박살난 듯 오른쪽 어깨를 부여잡고 이를 악물고 있었다. 그를 바라보던 사패천이 검을 들어 올리며 외쳤다.

"얼마 남지 않았소! 죽고 죽더라도! 저놈만은!"

사패천과 나머지 호법들이 몸을 날렸다. 이를 본 장대웅이 몸을 뒤로 구르며 외쳤다.

"마, 막아라!"

그의 외침과 함께 혈교의 무인들이 호법들을 가로막아섰다. 하지만 기세를 끌어올린 호법들이 혈교의 무인들을 헤치며 나아가자 장대웅은 몸을 피했다.

대부분의 혈교 무인들은 무소월을 막기 위해 혈교주쪽으로 간 상태였다. 호법들을 상대하던 장대웅은 자신의 미력함을 깨닫고 도망치기 시작했다.

"네 이놈! 거기 섰거라!"

점점 가까워 오는 사패천의 목소리에 장대웅이 숨을 헐떡이며 달려갔지만, 곧이어 보이는 아득한 높이의 절벽에 그만 입술을 깨물었다.

"제기랄!"

아찔한 높이의 절벽을 내려다보던 장대웅이 신형을 뒤로 돌리자 그곳엔 만신창이가 된 마교의 호법들이 서 있었다.

"하아… 하아! 장대웅이라고 했나."

"마교의 호법 놈들… 네놈들이 추앙하는 마신은 어디 두고 이곳에서 뭘 하고 있는 게냐?"

삼십대 중후반으로 보이는 장대웅이 이죽거리며 묻자 사패천이 이를 갈며 말했다.

"무신님이 아니었다면… 네놈들의 간악한 계획을 알 수 없었겠지! 내 네놈의 목숨을 취한 후 이 무의미한 정사대전을 멈출 것이다."

"하하하! 멈출 수 없다. 정사대전은 이미 시작되었다. 네놈들의 소교주인 단명우는 무림맹주의 손에 죽었다. 이미 되돌릴 수 없어."

"무소월님이 계신다. 그분이라면 정사대전을 멈추실 수 있으시겠지."

무소월을 믿는 사패천의 외침에 장대웅이 입가를 길게 늘이며 웃기 시작했다.

"하하! 그놈은 이곳에서 죽을 것이다."

"무신을… 얕보지 마라."

　사패천을 선두로 마교의 호법들이 몸을 날렸다.

　이를 본 장대웅이 온 내력을 끌어올려 호법들에 맞설 준비를 했다. 순간, 숲속에서 열명의 신형이 뛰어나왔다.

　카앙!

　쾅!

　순식간에 장대웅의 앞으로 날아든 열명의 신형은 사패천과 호법들을 막아서며 그들을 둘러싸기 시작했다.

"이서야 나타나다니!"

"닥쳐라. 장대웅! 검은 범을 상대하다가 벌써 이십 명의 장로가 당했어! 우리도 엄청난 손실이라고!"

"쳇!"

　복면을 쓰고 나타난 검은 무복의 사내들을 보며 사패천이 인상을 찡그렸다.

　이제 조금만 더 있으면 장대웅의 목숨을 취할 수 있었거늘, 돌연 나타난 열명의 무인들 탓에 장대웅의 목숨을 취하지 못한 것이다.

"네놈들은 누구냐!"

　사패천의 외침에 복면을 쓴 검은 무복의 사내 중 한명이 고개를 저으며 말했다.

"묻는다고 답할 거였으면 복면을 썼겠나? 이거 참, 마교의 호법이란 자가 우매하기 그지없구나."

가장 왼쪽에 있던 사내가 비아냥거리며 검을 들어 올리자 사패천이 눈매를 좁히며 사내들을 둘러보았다.

언뜻 보아도 보통 수준의 무인들이 아니었다. 특히 가운데 선 무인의 존재감은 어느새 호법들을 뒤덮고 있었다.

"네 명의 호법이 모이면 마신이라 불리는 단각도 상대할 수 있다던데… 허풍이었나 보군."

가운데 선 복면인의 말에 사패천이 오른손에 든 검을 빙글 돌리며 말했다.

"허풍인지 아닌지는 붙어보면 알게 되겠지."

그 말을 끝으로 사패천의 신형이 앞으로 쏘아져 나가기 시작했고, 그와 동시에 호법들을 에워싼 복면인들이 동시다발적으로 호법들을 향해 날아들었다.

카앙!

사패천의 검과 가운데 복면인의 검이 허공에서 맞부딪쳤다.

부드드득!

거대한 내력의 충돌과 함께 사패천과 복면인이 선 땅이 움푹 파이며 금이 가기 시작했다.

서로에게 밀리지 않으려고 온 내력을 끌어올렸고 그 기운들이 서로를 밀어내기 시작한 것인데, 사패천이 눈을 번뜩이며 외쳤다.

"비켜라!"

검은 기운들이 꿈틀거리며 사패천의 검을 감싸더니 이내 검신 모양으로 변해갔다. 이를 본 복면인이 눈매를 좁히며 뒤로 빠르게 몸을 날렸다.

사패천의 검을 감싼 검은 검강을 본 탓이었다.

"이놈!"

하지만 그를 쉽게 놓칠 리 없는 사패천이 땅을 박차며 복면인을 향해 날아들었다. 이를 본 복면인이 자리에 멈춰 서며 이를 갈았다.

"어쩔 수 없나."

화르르륵!

복면인의 검이 붉은색으로 빛나기 시작했다.

높은 수준의 검강이었다. 이를 본 사패천이 눈을 부릅떴다.

예전에 한번 본 적이 있는 검이었기 때문이다.

"설마… 화산의 무인인가!?"

화산 특유의 기운이 복면인의 검에서 흘러나오자 경악한 사패천이 눈을 부릅떴다.

복면인은 인상을 찡그리며 외쳤다.

"그걸 안 이상 네놈을 살려둘 수는 없지!"

정체를 숨길 필요가 없었는지 복면인의 검에서 붉은 매화 잎이 피어오르기 시작했다.

그와 동시에 호법들을 에워싼 복면인들의 검에서도 기운

들이 피어오르기 시작했다. 모두가 정파의 무공과 검법들이었다.

"저, 정파의 무인들이 혈교에 협력하는 게냐!"

사방에서 피어오르는 복면인의 변초를 막아내며 사패천이 외치자, 복면인이 싸늘하게 눈을 빛내며 외쳤다.

"닥쳐라."

카강— 카앙!

수십 번의 쇳소리와 함께 복면인이 몸을 뒤로 뺐다.

어느새 복면인의 검은 무복은 너덜너덜해졌다. 몸을 스쳐 가는 사패천의 검강 때문이다.

"그래도 마교의 4대 호법이라는 건가?"

복면인이 고개를 돌려보자 나머지 세명의 호법들을 상대하는 아홉명의 무인들도 고전을 면치 못하고 있었다.

그만큼 호법들의 기세는 대단했다.

수적 열세에도 굴하지 않고 오히려 복면인들을 압박하는 호법들을 바라보던 복면인이 뒤로 한 걸음 물러섰다.

'이대로 가다간 오히려 우리가 당하겠구나.'

뒤로 물러서는 복면인을 발견한 사패천이 호흡을 가다듬고 몸을 빠르게 날렸다.

물러서는 복면인을 잡기 위해서였다.

"이놈!"

사패천이 복면인을 향해 몸을 날리는 순간.

콰아아아앙──!!

거대한 폭발음과 함께 사방이 흔들리기 시작했다.

이에 놀란 사패천이 고개를 돌렸다. 장대웅이 이 틈을 놓치지 않고 사패천을 향해 몸을 날렸다.

이를 발견한 사패천이 온 힘을 다해 검을 휘둘렀다.

하지만 사패천의 검은 복면인의 검에 가로막혔고 장대웅이 사패천의 복부에 주먹을 꽂아 넣었다.

"커억!"

정신이 아득해지는 듯한 강렬한 고통에 사패천이 복부를 움켜쥐고 땅을 뒹굴었다.

혼신의 힘을 다한 장대웅의 내력이 사패천의 단전을 가격한 것이다.

"끄으으!"

흐릿해지는 정신을 간신히 부여잡은 사패천이 몸을 뒹굴며 왼손으로 땅을 강하게 쳐 신형을 일으켜 세웠다. 일어서기가 무섭게 그가 누워있던 땅에 붉은 검강이 깃든 검이 꽂혔다.

'허억… 허억!'

시야가 흐려지고 정신이 아득해졌다.

귀는 먹먹했고 온몸을 감싸던 내력들은 점점 사그라들었다. 피가 울컥이며 식도를 타고 입을 통해 뿜어져 나오는 것이 느껴졌지만 막을 힘조차 없었다.

'제대로 당했… 군.'

흐릿해지는 시야 사이로 복면인이 붉은 검을 들고 다가

오는 것이 보였다.

사패천은 연신 뒤로 물러섰지만 곧 발뒤꿈치가 허전해짐을 느꼈다.

'절벽인가……?'

아래는 절벽이었다. 앞에선 장대웅과 복면인이 다가오고 있었다.

절체절명의 순간.

복면인이 몸을 튕기며 사패천의 바로 앞으로 나타나 그의 복부에 검을 꽂아 넣었다.

"커억!"

"죽어라. 이름 모를 마교의 호법이여."

복부를 꿰뚫린 사패천이 검을 놓고 오른손을 뻗었다.

소실되어가는 내력을 최대한 끌어올린 그의 손가락이 검게 물들었다. 예상치 못한 공격에 복면인이 당황하여 뒤로 물러섰지만 사패천의 손이 조금 더 빨랐다.

퍽!

하지만 그의 손길보다 장대웅이 더 빨랐다.

어느새 다가온 장대웅이 사패천의 가슴을 발로 찬 것이다.

"끄윽!"

몸이 지면에서 떨어져 나와 바닥으로 추락하는 것을 느끼며 사패천이 점점 작아져 가는 복면인을 바라봤다.

그래도 그의 공격이 아주 허사는 아니었는지, 복면이 잘려나가며 그의 볼에 길다란 상처가 남았다.

'하… 끝이군.'

온몸을 스치는 바람을 느끼며 사패천이 두눈을 감았다.

"화산파라… 했는가?"

무연의 물음에 사패천이 고개를 끄덕이며 말했다.

"그렇습니다. 분명 화산파의 검법이었습니다. 다행히 하늘의 도움인지 절벽에서 추락 후 살아남았습니다. 물론 싸움의 후유증으로 무공은 사용할 수 없는 몸이 되었고 몇 년간 죽은 듯이 요양해야 했지만 결국 살아남고 말았습니다."

"그런 일이 있었군."

무연의 커다란 손이 사패천의 주름진 손을 맞잡아주자 사패천이 아련한 눈으로 무연을 올려다보았다.

그의 아련한 두눈을 마주한 무연이 차마 사패천의 눈을 마주하지 못하고 고개를 숙이며 말했다.

"미안하네. 나 때문에… 자네들이 나를 돕는 바람에 단각이 죽고 수많은 마교도들이 죽었어."

미안하다는 말에 사패천이 무연의 손을 꼬옥 쥐며 말했다.

"아닙니다. 만약 그때 저희가 무신님을 따라가지 않았다면 중원은 혈교의 손에 들어갔을지도 모릅니다. 그리하면 저희는 더욱 큰 고통을 받았겠죠."

어느새 사패천의 주름진 볼 아래로 눈물이 흘러내렸다.

비록 어쩔 수 없었으나 단각을 지키지 못한 것은 마교의 호법이었던 사패천에게 천추의 한으로 남아 있었다.

그 때문에 사패천은 마교로 돌아가지도 못하고 마교 근처의 산에서 허름한 집을 짓고 자신의 죄를 속죄하는 마음으로 살았다.

"화산파와 나머지 무인들은 보지 못한 건가?"

잠시 사패천의 슬픔을 함께 느끼고 있던 무연이 그의 손을 꽈악 쥐며 물었다.

"저와 싸운 이는 화산파의 무인이었고 나머지는 제대로 보지 못하였습니다. 워낙 경황이 없어서…….."

그의 말에 무연이 고개를 끄덕였다. 그도 그럴 것이 사패천은 마교의 무인이었다.

단 한번 본 것으로 정파의 무공을 전부 알아낼 순 없었을 테고 그럴 정신도 아니었을 것이다.

그나마 다행인 것은 무연을 공격한 정파의 무인들 중 한 명의 정체를 어느 정도 파악했다는 것이다.

"화산이라……."

무연의 눈빛이 싸늘하게 빛을 내기 시작했다.

*   *   *

"내일은 주군의 임명식이 있는 날이다. 안 보고 그냥 갈 생각인가?"

"단서연이라면 잘 해내겠지, 훌륭한 부하들도 있으니."

설영과 담백을 두고 무연이 미소 띤 얼굴로 말하자 담백이 쑥스러운 듯 볼을 긁적이며 퉁명스럽게 대답했다.

"흠, 뭐… 이번에는 네 도움이 컸다는 걸 인정하지."

자신이 말하고도 민망했는지 담백이 제대로 얼굴도 마주하지 못하고 감사의 뜻을 전했다.

무연이 고개를 작게 끄덕였다.

뒤이어 무연을 마주한 설영이 고개를 깊게 숙이며 말했다.

"다시 한번 주군을 도와줘서 고맙다. 그리고… 지켜줘서 고맙다."

주군 외에는 고개를 숙이는 법이 없던 설영이 허리까지 꺾으며 고개를 깊게 숙이자 이 모습을 처음 본 담백이 놀라 눈을 끔벅이며 설영과 무연을 번갈아 바라봤다.

무연은 설영의 한껏 예를 갖춘 감사 인사에 숨겨진 뜻이 무엇인지 잘 알고 있었다.

사패천과의 만남에서 무연의 정체를 알게 된 설영은 주군인 단서연을 지켜주고 도와준 것과 더불어 과거에 있었던 혈교의 중원진출을 막아준 것에 대해 고맙다고 말한 것이다.

이를 알 리 없는 담백이 놀란 듯 눈을 끔벅이고 있을 때 무연이 설영과 담백을 번갈아 바라보며 말했다.

"그럼."

신형을 돌려 지체 없이 마교를 떠나는 무연의 뒷모습을 보고 담백이 혀를 차며 말했다.

"쯧! 그래도 저렇게 매정하게 떠나다니. 주군이 슬퍼하진 않으실까 고민이다."

"주군은 신교의 지존이 되실 분. 무림맹에 몸을 담고 있는 무연과는 어울릴 수 없는 분이다. 그러니 말없이 떠나는 거겠지."

"허어."

멀어져 가는 무연의 뒷모습을 보며 담백이 인상을 찡그렸다.

눈치가 없기로 유명한 담백이었지만 그래도 오랫동안 모셔온 단서연의 마음까지 눈치 채지 못할 정도로 둔하지는 않았다. 그 역시 단서연의 마음을 잘 알고 있었다.

무연에 대한 그녀의 마음을.

"안타깝구만……."

담백의 중얼거림에 설영도 동감하는지 작게 고개를 끄덕였다.

* * *

"휴."

침대에 걸터앉은 단서연이 작게 한숨을 내쉬었다.

내일이면 임명식이 거행될 것이고 그녀는 마교의 지존이라 할 수 있는 교주직에 오르게 될 것이다.

　사상 최초로 여교주가 되는 것이다.

　어찌 보면 상당히 의미 있는 일이었고 단각의 뒤를 잇는다는 것은 그녀에게도 큰 의미였다. 하지만 답답한 마음은 쉽게 가시질 않았다. 침대에 몸을 누인 단서연이 자신의 가슴에 손을 얹었다.

　"불안함인지. 그리움인지……."

　가슴이 빠르게 뛰는 것을 느낀 단서연이 눈을 감았다.

　아무리 숨겨보려 해도, 아무리 다르게 생각해보려 해도 무연에 대한 마음을 다르게 생각할 수가 없었다.

　외롭게 자란 유년시절과 사방에 적들로 가득한 고통스러운 삶을 산 덕분일까.

　그래서 항상 든든하게 자신을 지켜주는 무연의 곁이 편하고 안심이 되었기 때문일까.

　그 누구에게도 쉽게 준 적 없었던 마음이 자꾸만 무연에게로 향하는 것이 너무 낯설었다.

　"지켜줬기 때문인가."

　신천우부터 시작해서 마교인들은 호시탐탐 단서연을 노렸다.

　그때마다 힘을 길렀고, 그들의 눈을 피해 생활했으며, 살아남기 위해 고군분투했다.

　그나마 담백과 설영을 만난 이후로 위험이 조금 줄어들

긴 했으나 여전히 위험에서 아주 해방된 것은 아니었다.

그러던 중 무연을 만났다. 그는 강했다.

그 나이에 그렇게 강할 수 있을까 싶을 정도로.

무연은 어느 상황이 닥쳐도 여유로운 미소를 지으며 헤쳐 나아갔다. 어떤 시련도 그에게는 무의미해 보였다.

그래서일까. 그의 등 뒤에 서면 편안했고 안심이 되었다. 어떤 적들이 다가와도, 어떤 시련이 덮쳐 와도 무연이 함께 있다면 헤쳐 나갈 수 있을 거라 생각되었다.

그러던 중 신천우에게 잡혀 마교로 끌려왔다.

혼인식이 치러지는 동안 무연이 나타나지 않기만을 바랐다. 다시는 자신의 앞에 나타나지 않고 신천우의 마수를 벗어나 이루고자 하는 뜻을 이루길 바랐다.

그런데, 그가 나타났다.

그것도 그녀의 바로 앞에, 신천우를 막아선 채로.

신천우를 보좌하는 사마수 중 두명이 죽었고, 힘이 빠진 그녀에게 힘을 주어 신천우에 대한 복수를 이루게 해주었다.

결국엔 마교의 지존이 되게 해주었다.

하지만 이 모든 것이 무의미하게 느껴졌다.

마교의 지존? 원수에 대한 복수?

그런건 모두 중요하지 않았다.

지금 느껴지는 감정은 홀가분함이나 복수를 이루고 마교의 지존이 되었다는 뿌듯함이 아니었다.

"무연."

그리움이었다.

* * *

"흐음. 도대체……."

방대한 양의 화산파 자료를 돌아보던 도원이 자료를 거칠게 내려놓으며 눈을 질끈 감았다가 뜨기를 반복했다.

주변을 돌아보니 어느새 꾸벅꾸벅 졸기 시작한 용천단원들이 반쯤 감긴 눈으로 자료들을 살피고 있었다.

화산파에게 정보와 자료를 제공받은 지 벌써 일주일하고 닷새가 지났다.

이제 남은 것은 이틀이란 시간.

하지만 어디에서도 혈교의 흔적은 발견할 수 없었다.

애초에 이런 정보나 자료들 사이에서 혈교를 찾기란 여간 어려운 게 아니었다. 자료들이 잘 정리되어 있으면서 빈틈조차 찾아보기 힘들었다.

"후우!"

마지막까지 자료를 뒤져보던 백아연이 고개가 결국 떨구어지자 도원이 일어서서 용천단원들을 한명 한명 침소로 옮기기 시작했다.

"뭐, 없다는 게 중요한 거지."

단원들을 모두 옮긴 도원이 문을 열고 나오자 하늘 높이

116

떠오른 휘황찬란한 달빛 아래로 굵은 빗방울이 내리고 있었다.

이를 바라보던 도원이 기지개를 폈다.

비록 성과를 올리거나 알아낸 것은 없었지만 오히려 홀가분했다.

대문파라 불리는 화산파에 혈교의 잔가지가 뻗치지 않았다는 것은 분명 기분 좋은 일이었기 때문이다.

"수고가 많으십니다."

그때, 한 중년인의 목소리가 들려오자 도원이 고개를 돌렸다.

"추홍선대협 아니십니까?"

"수고하십니다, 도대협. 무림맹의 감찰조직인 용천단의 단주직을 맡으신 이후로 제대로 쉬지도 못하신다고요?"

"하하! 뭐, 무림의 평화를 위한 일이니 어쩔 수 없지 않겠습니까."

추홍선이라 불린 중년의 남자는 붉은 매화가 새겨진 도포를 걸친 채 도원의 옆에 나란히 섰다.

그는 곱게 빗질하여 올린 머리를 하고 머리에 붉은 영웅건을 두르고 있었다. 특이하게도 옆머리를 길게 길러 얼굴의 양옆을 가리고 있었다.

"흐음."

도원과 나란히 서서 지붕을 타고 뚝— 뚝— 떨어지는 빗방울을 내려다보던 추홍선이 손을 들어 얼굴을 매만졌다.

그 모습을 본 도원은 추홍선의 얼굴에 기다란 상처가 새겨져 있는 것을 보고 입을 열었다.

"얼굴에 상처가 있으시군요?"

도원의 물음에 추홍선이 고개를 끄덕이며 말했다.

"과거, 정사대전 때 얻은 상처입니다."

"아아. 마교 무인과의 싸움 중에 얻으신 겁니까?"

이어지는 도원의 물음에 추홍선이 묘한 미소를 지으며 대답했다.

"…그렇죠. 죽어가는 마교 무인의 마지막 수를 읽지 못하고 그만 당하고 말았습니다."

"이런, 죄송하게 되었군요."

"하하! 이런 상처쯤은 정사대전에서 목숨을 바치며 죽어간 무림의 영웅들에 비하면 아무것도 아닙니다."

얼굴에 난 길다란 상처를 매만지며 말하자 도원이 그의 생각에 동감한다는 듯 고개를 끄덕이며 굵은 빗방울을 내다보았다.

* * *

다음날 아침 가장 먼저 기상한 것은 백아연이었다.

잠에서 깬 백아연은 아직 깨어나지 않은 백하언의 이불을 어깨까지 덮어준 후 문을 열고 밖으로 나왔다.

오밤중에 비라도 내린 듯 공기는 습했고 땅은 젖어 있었

다.

지붕에서는 이따금씩 빗방울이 한 방울씩 지면을 향해 똑— 소리를 내며 떨어지고 있었다. 장원을 둘러싼 화산에서 물안개가 피어오르면서 몽환적인 분위기를 자아냈다. 신비로우면서도 아름다운 화산의 장원을 돌아보던 백아연이 신형을 돌려 어디론가로 걸어가기 시작했다.

"푸흑!"

우물가에서 뜬 차가운 지하수로 세안을 마친 운현이 뒷목을 주물렀다.

용천단이 화산파에 대한 조사를 끝맺을 때까지 천소단원역시 화산파에 남아 있어야 했다. 이 시간을 이용해 수련을 게을리 하지 않던 운현이 가장 먼저 일어나 무공단련을 준비했다.

"일찍 일어나셨네요?"

곱디고운 여인의 목소리에 운현이 얼굴을 붉히며 고개를 돌렸다. 그곳에는 아직 세안을 못한 듯 부스스한 모습의 백아연이 서 있었다.

그녀는 자신의 얼굴을 빤히 바라보는 운현의 모습이 부끄러운지 볼을 살짝 붉히며 양손으로 얼굴을 가렸다.

"아, 아직 세안을 못해서…….."

부끄러워하며 말하는 백아연의 모습에 운현이 재빨리 자리를 비키며 말했다.

"아, 죄… 죄송합니다."

빠르게 우물가에서 뒷걸음질 친 운현이 신형을 돌리자 뒤에서 백아연이 조심스럽게 세안을 하는 소리가 들려왔다. 목욕을 하는 것이 아니라 세안을 하는 것일 뿐인데도 운현의 가슴이 세차게 뛰기 시작했다.

이런 자신의 감정이 부끄럽고 민망하기도 했던 운현은 뒤를 돌아보지 않은 채 조심스레 입을 열었다.

"저, 소저. 저는 이만 가보겠습니다."

"어머? 벌써 가세요? 아직 제대로 대화도 못 했는데……."

아쉬움이 잔뜩 묻어나는 백아연의 말에 운현이 뗀 발을 그대로 제자리에 가져다 놓으며 천천히 뒤로 돌았다.

그곳에는 부드러운 천으로 얼굴을 닦아내는 백아연이 있었다.

분을 바른 것도 아니요, 입술에 꽃물을 묻힌 것도 아니었지만 백아연의 얼굴은 화사했고 입술은 붉었다.

그 모습이 너무도 아름답다고 느낀 운현은 저도 모르게 멍하니 백아연을 바라봤디. 멍하니 자신을 보는 운현을 향해 미소를 띤 백아연이 천천히 그를 향해 걸어갔다.

"매일 이렇게 일찍 일어나 수련을 하시는 건가요?"

"예… 게을리 할 순 없으니까요."

옅은 미소와 함께 백아연이 운현을 스쳐 지나가 건물을 떠받치는 용도로 지어진 돌마루에 앉자, 운현이 어색한 표정으로 그녀와 살짝 떨어진 곳에 앉았다.

그의 어색한 모습이 우스운지 백아연이 가볍게 웃기 시
작했다. 그녀의 웃음소리에 운현이 얼굴을 더욱 붉혔다.
자신의 어색한 행동이 민망했기 때문이다.

"운공자는 기재들이 모여 있다는 천소단원들 중에서도
단연 돋보이는 실력을 지녔다고 들었는데, 이렇게 소심하
실 줄은 몰랐네요."

운현을 약 올릴 요량으로 백아연이 장난스럽게 말하자
운현이 쓰게 웃으며 머리를 긁적였다.

사실은 그도 자신의 이런 모습이 낯설었다.

그도 그럴 것이 운현은 단 한번도 여인에게 마음을 줘본
적이 없었으니 백아연에게 느끼는 이런 감정이 낯설 만도
했다.

"혹, 제가 어려우신가요?"

"아, 아닙니다. 제가 낯가림이 심해서."

"하지만 다른 분들이랑은 잘 지내시잖아요? 유독 저에
게만 그런 모습을 보이시니… 혹시 제가 불편하신가요?"

큰 눈을 끔벅이며 묻는 백아연의 질문에 운현이 급히 손
사래를 치며 말했다.

"아, 아닙니다! 그럴 리가 있겠습니까?"

"그럼 왜 저를 피하시는 거죠?"

"그게……."

"그게?"

운현의 눈동자가 갈피를 못 잡고 방황하기 시작했다. 어

떻게 말해야 할지 몰라서였다.

송월의 검법을 눈으로 본 것만으로도 척척 따라 하던 운현은 여인을 대하는 데에는 서투르기 그지없었다.

"소, 소저는……."

용기를 내어 고개를 든 운현이 살며시 백아연을 바라봤다. 백아연은 옆에 앉아 큰 눈을 반짝이며 운현을 바라보고 있었다.

백아연의 큰 눈동자에 비치는 자신의 모습을 발견한 운현이 어색하게 미소 지으며 말했다.

"제겐 너무 어려워요."

어색한 웃음과 함께 들려온 운현의 목소리가 백아연의 귓가에 울렸다. 그와 동시에 멈췄던 빗방울이 다시 천천히 내리기 시작했다.

똑─ 똑─

* * *

"임명식이 곧 시작되거늘, 단서연님은 어디를 가신 겁니까?"

조우충이 다급하게 묻자 단서연의 교주 임명식에 참석하기 위해 나란히 걸어오던 담백과 설영이 인상을 찡그리며 서로를 바라봤다.

단서연이 이런 일에 늦을 리가 없었기 때문이다.

급히 몸을 날려 단서연이 있는 침소로 바람처럼 내달려온 설영이 방문을 살며시 두들겼다.

"주군. 저 설영입니다. 안에 계시는지요?"

설영이 말을 마친지 꽤 시간이 지났지만 안에서는 아무런 소리도 들려오지 않았다.

인기척조차 느껴지지 않자 참다못한 담백이 거칠게 문을 열어젖히며 안으로 들어섰지만 그곳엔 아무도 없었다.

대신 단서연의 침대에는 작은 쪽지가 하나 놓여있었는데 이를 발견한 설영이 급히 쪽지를 펼쳐보았다.

[태소운(態笑雲)을 찾아 그를 보좌하도록.]

"태소운을 찾아… 그를 보좌하라고? 이게 대체 무슨 말이야?"

의미를 알 수 없는 쪽지 내용에 담백이 답답한 듯 묻자 설영이 얼굴을 굳힌 채 쪽지를 곱게 접어 품에 넣었다.

"아니, 주군이 무슨 말을 하신 거야?"

"태소운을 찾아라. 그리고 그를 보좌하라… 아무래도 주군이 교주직을 버리신 것 같다."

"뭐, 뭐라고?"

"아무래도 태소운을 교주로 올리실 생각이신 것 같다. 그러니 우리에게 그를 보좌하라고 하신 거겠지."

이어지는 설영의 설명에 담백이 눈을 크게 뜨며 이 사실을 부정하려는 듯 고개를 저었다.

"그게 무슨… 왜, 왜!?"

"주군의 뜻이다. 태소운을 찾아야지."

"설영님!"

단서연의 방에서 그녀가 남긴 쪽지에 대해 얘기를 나누던 설영의 앞에 마교 무인 몇 명이 다급하게 찾아와 불렀다.

자신을 부르는 목소리에 고개를 돌려보자 그곳엔 땀을 뻘뻘 흘리는 마교 무인들이 고개를 숙이며 말했다.

"일장로와 삼장로가 죽은 채 발견되었습니다. 그리고 몇 명의 무인들 역시… 목이 베인 채 발견되었습니다."

그의 말에 설영이 두눈을 크게 뜬 채 빠르게 몸을 날렸다.

도착한 곳엔 싸늘한 시신이 된 마교의 일장로와 삼장로가 차가운 바닥에 몸을 누이고 있었다.

그들은 하나같이 목이 잘려 있었는데, 그들은 설영도 그리고 담백도 잘 알고 있는 자들이었다.

그리고 누가 그들의 목을 잘라냈는지조차 잘 알고 있었다.

"설영……."

담백의 조심스러운 부름에 설영이 손을 들어 담백의 다음 말을 막았다.

"주군의 뜻이다."

그들이 시신을 바라보고 있을 때 벌컥 문이 열리며 조우충이 들어섰다.

그 역시 설영과 담백처럼 일장로와 삼장로의 시신을 확인했다. 시신을 살펴보던 조우충이 이를 갈았다.

"단가 그년의 짓이로구나! 신천우도 모자라 장로들의 목… 허억!"

단서연을 욕하던 조우충은 말을 멈추고 헛바람을 들이마셨다.

어느새 설영의 편검과 담백의 우왁스러운 손이 목 바로 앞까지 다가왔기 때문이다.

"다시는 내 앞에서 주군을 욕보이지 마라. 조우충."

"뒈지기 싫으면 말이다."

살벌한 설영과 담백의 말에 조우충은 말없이 고개를 끄덕였다.

신천우도 없고 사마수도 없는 지금 마교에 가장 큰 영향력을 행사할 수 있는 이들이 바로 설영과 담백이었다.

온몸을 진득하게 물어오는 둘의 살기를 이기지 못한 조우충이 빠르게 뒷걸음질 치며 문을 열고 빠져나갔다.

담백이 조우충의 뒤를 살벌하게 노려보다가 설영을 향해 말했다.

"이제 어쩌지?"

"교주 임명은 더 미룰 수 없다. 태소운을 찾아야지."

"하지만… 정말로 주군을 저버릴 셈이야!?"

"그게 주군의 뜻이다."

설영은 지체 없이 신형을 돌렸고 담백이 그런 설영의 뒤를 따라 걸었다.

그들에게 있어 단서연은 특별한 존재였다.

가장 힘든 시기에 보살펴 주고 거들어준 여인이었고, 함께 힘든 시기를 이겨낸 여인이었다.

태소운을 찾아 발길을 재촉하던 설영이 문득 걸음을 멈추고 창밖을 내다보았다.

복수를 마무리 지은 그녀가 어디로 향하는지 대충 짐작은 할 수 있었다.

그러니 그녀의 앞길이 그녀가 바라는 미래가 이루어지길 바라는 것.

그것이 설영이 할 수 있는 최선이었다.

"부디 뜻을 이루시길."

* * *

마교와 얼마 떨어지지 않은 산봉우리.

그곳에서 마교를 내려다보고 있던 적갈색 머리의 여인이 마교를 두눈에 가득 담아내다가 신형을 돌렸다.

* * *

"아이참! 아직도 주무시고 계셨어요?"

"하하! 너무 뭐라 하지 말라고. 어젯밤 좀 힘들었잖아 우리?"

"모, 몰라요!"

얼굴을 잔뜩 붉힌 수수한 외모의 여인이 뒤를 돌아서자 그녀를 귀엽다는 듯 바라보던 사내가 신형을 일으켰다. 잿빛으로 빛나는 그의 머리카락이 바람에 휘날리며 얼굴을 간지럽혔다.

치렁거리는 앞머리를 양손으로 쓸어 올린 사내는 기지개를 펴며 자리에 일어섰다.

"으으! 기분 좋은 평화야!"

저 멀리서 몰려오는 먹구름만 아니었다면 더 좋았을 거라 생각한 사내가 얼굴을 붉힌 채 서 있는 수수한 차림의 여인에게 다가갔다.

"그래서 오늘 밥은 뭐 먹을 거야? 소소?"

소소라는 여인이 얼굴을 붉힌 채 서 있자 사내가 그녀의 어깨에 커다란 자신의 손을 얹으며 물었다.

"음, 나물 반찬에 나물볶음? 하하! 이거 이러다가 소가 되겠는걸!?"

소가 되겠다며 검지와 엄지로 소를 흉내 내는 사내를 보며 소소가 눈을 동그랗게 뜨고 조막만 한 손을 휘두르며 사내의 어깨를 쳐댔다.

"놀리시는 거예요?!"

"하하! 농담이야 소소랑 먹는 밥이면 흙을 퍼먹어도 환영이지!"

과장스럽게 양팔을 펼쳐 보이는 사내를 향해 소소가 뾰로통한 표정을 지어 보였다.

그때, 검은 옷을 입은 사내가 어둠 속에서 소리 없이 나타났다. 그러자 사랑스러운 눈으로 소소를 바라보던 사내의 눈이 날카롭게 빛났다.

"소소, 잠깐만."

"어, 어디 가세요?"

"잠깐이면 돼. 그때까지 밥 좀 준비해줘!"

사내가 두 다리를 휘적이며 어디론가 걸어가자 멀어져가는 사내의 뒷모습을 바라보던 소소가 푸근한 미소를 지으며 상차림을 준비하기 시작했다.

"내가 부를 때 말고는 소소 앞에 나타나지 말라고 했을 텐데?"

소소와 대화할 때와는 정반대로 싸늘하기 짝이 없는 사내의 목소리에 검은 옷을 입은 사내가 신형을 급히 낮추며 말했다.

"태소운님. 급히 전할 말이 있어 왔습니다."

"뭔데?"

"신천우가 죽었습니다."

검은 옷의 사내의 말에 태소운이 인상을 찡그리는 대신 눈을 살짝 크게 떴다.

"자연사를 했을 리는 없고 누군가에게 암살이라도 당한 건가?"

"단각의 손녀이자 단명우의 딸 단서연과의 혼인식에서 단서연의 손에 목숨을 잃으셨습니다."

그의 말에 태소운이 인상을 찌푸렸다. 이해가 잘 안 되었기 때문이다.

"단서연과의 혼인식에서… 단서연의 손에 목숨을 잃었다고? 허! 멍청한 죽음이군."

"그렇습니다."

"그래? 이로써 서열 1위가 단서연에게로 넘어갔군. 그녀가 교주가 되겠어. 뭐, 나랑은 상관없는 일이지!"

더 할 말이 없으면 가보라는 태소운의 손짓에 검은 옷의 사내가 나타났던 모습 그대로 어둠 속으로 천천히 사라져 갔다.

검은 옷의 사내가 사라지자 태소운이 인상을 살짝 찌푸렸다. 마교의 서열 다툼도 지겨웠고 무공을 수련하는 것도 지겨워 뛰쳐나온 지 오년이란 시간이 지났다.

그 후로 마교에 대한 관심은 접어둔 지 오래였는데 의외의 소식이 들려온 것이다.

"뭐 서연이 알아서 잘하겠지, 영리한 애니까."

신천우의 죽음은 태소운에게 아무런 의미도 갖지 못했다. 단지 예전에 알던 사람이 죽었구나 하는 정도였다.

하지만 그를 죽인이가 단서연이라 하니 기분이 묘했다.

어렴풋이나마 신천우와 단서연의 원한 관계를 알고 있었기 때문이다.

"결국 복수를 이루었군. 잘됐어. 신교는 알아서 잘 돌아가겠지."

코끝을 스치는 고소한 냄새에 나무로 지은 집으로 향하는 태소운의 발걸음이 절로 가벼워졌다.

"소소!"

후왕부(厚王斧)

"어서 오십시오! 천일신단 입⋯⋯."

오늘도 활기찬 모습으로 손님을 맞이한 천일신단의 어린 단원 우여의 조그마한 입술이 우뚝 멈추었다.

"단주는 어디 있나?"

굵고 낮은 저음의 목소리가 귓가에 울리자 우여는 저도 모르게 몸을 부르르 떨며 뒷걸음질 쳤다.

앞에 다섯 명의 덩치 큰 사내들이 서 있었다. 하나같이 기골이 장대하고 험악한 인상을 하고 있었으며 드러난 상체 곳곳에는 흉흉한 모습의 상처들이 새겨져 있었다.

"다, 단주님은⋯⋯."

우여의 눈동자가 빠르게 흔들리며 주변을 둘러보기 시작했다. 신단을 지키는 무사들이 있었지만 그들도 감히 함부로 나서지 못하고 있었다.

이유는 다섯 명의 사내의 등에 새겨진 멧돼지의 형상을 한 문양 때문이다.

이 문양을 하고 다니는 곳은 단 한 곳밖에 없었다.

"녹림?"

천일신단의 정문에 선 무연은 우여를 둘러싼 다섯 명의 사내들을 바라봤다.

그들은 진한 녹색 빛을 띠는 평범한 모양의 허름한 옷을 입고 있었다. 특이한 점은 등에 새겨진 멧돼지 문양이었다.

이는 무연도 잘 알고 있는 문양이었는데 바로 녹림채의 상징이었다.

녹림이 무슨 이유로 천일신단에 있는 것인지 알 수 없었다. 그러나 그들과 마찬가지로 신단에 볼일이 있는 무연은 그들을 지나쳐 안으로 들어섰다.

"단주는 어디 있냐고!"

녹림채의 산적 중 한명이 성난 목소리로 외치자 우여가 몸을 움츠리며 눈을 이리저리 굴렸다.

그런 우여의 모습이 마음에 안 들었는지 산적 중 하나가 허리춤에 메여있던 도끼를 꺼내 우여의 앞에 놓인 탁자를 내리찍었다.

꽈직! 소리와 함께 탁자가 반으로 쪼개지자 사색이 된 우여가 떨리는 목소리로 입을 열었다.

"다, 단주님은 급한 볼일이 있으셔서 외출하셨습니다."

"그럼 언제 돌아 오냐?"

"정확한 일정은 저도 잘……."

정확한 일정을 모른다는 우여의 말에 녹림채 산적 중 가장 기골이 장대하고 키가 큰 사내가 앞에 선 두명의 산적들을 옆으로 밀어내며 앞으로 나섰다.

"네 이름이 뭐냐."

"우… 우여입니다."

"그래. 우여야, 내가 지금 시간이 별로 없거든. 그래서 그런데……."

"으악!"

시간이 없다던 녹림채의 산적은 다짜고짜 우여의 멱살을 잡아 자신 앞으로 끌어당겼다.

거력의 힘에 의해 끌려간 우여는 바로 앞에 마주한 산적의 험악한 얼굴에 몸을 바들바들 떨었다.

"당장 단주를 부르거라. 안 그럼 나도 가만히 있진 않을 테니까."

우여가 겁에 질려 대답도 못 한 채 몸을 떨고 있을 때 당당한 여인의 목소리가 신단을 울렸다.

"제가 천일신단의 단주, 홍예입니다."

단주의 등장에 신단에 있던 모든 사람들의 이목이 목소

리가 들려온 곳으로 쏠렸다. 그곳에는 붉은 비단옷을 입은 홍예가 인상을 살짝 찡그린 채 녹림채 산적들을 내려다보고 있었다.

그녀의 등장에 우여의 멱살을 잡고 있던 산적이 거칠게 우여를 밀어낸 후 홍예를 향해 말했다.

"네가 천일신단주냐?"

"예. 제가 천일신단주가 맞습니다."

천일신단 단주의 모습이 생각보다 아름다워서일까, 홍예를 바라보는 산적이 위아래로 훑어보다 짧게 입술을 핥았다.

"녹림채에서 저희 신단에 방문한 이유가 뭔지 알 수 있을까요?"

당당하게 말하는 홍예의 양쪽에 두명의 검은 신형이 내려앉았다.

모습을 드러내기 전까지는 주변에 있었는지도 모를 정도로 은밀히 등장한 두 사내는 허리춤의 검을 반쯤 꺼내놓은 상태로 녹림채의 산적들을 바라봤다.

"나는 녹림채의 부채주 맹호다. 내가 듣기로는 녹림채의 신물을… 이곳 천일신단이 보관하고 있다고 들었는데?"

맹호의 물음에 홍예가 얼굴을 살짝 굳혔다. 하지만 이내 고개를 저은 홍예가 붉은 입술을 천천히 열어 말했다.

"미안하지만 신단 내에 무엇을 보관하고 있는지는 보관을 맡긴 당사자가 아니면 알릴 수 없습니다."

어찌 보면 당연한 말이었다. 하지만 맹호의 생각은 그게 아니었는지 그의 얼굴이 싸늘하게 굳어가기 시작했다.

당장에라도 일을 벌일 생각인지 녹림 산적들의 기세가 천일신단을 점점 압박해오기 시작했다. 그러나 홍예 역시 물러설 생각이 없어보였다. 양쪽에 선 호위무사들의 존재감이 점점 커지기 시작했다.

"우리가 산적이라고 너무 우습게 보는 것 아닌가?"

"그럴 리가요. 녹림에 몸을 담고 계신 분들을 제가 어찌 우습게 보겠습니까. 하지만 신단의 생명은 보안과 신뢰입니다. 물건을 맡기신 분에게 신뢰를 주지 못한다면 어찌 신단이라 할 수 있겠습니까?"

"그건 애초에 우리의 물건이었다!"

성난 맹호가 큰 목소리로 외쳤지만 홍예는 단호했다.

"만약 신단에서 물건을 찾고 싶으시다면 물건을 맡기신 분에게 직접 부탁을 하셔야죠. 저희 신단에서는 당사자가 아닌 이상 절대로 물건을 내어드리지 않습니다."

천일신단을 때려 부술 듯이 기운을 끌어올리던 맹호가 기운을 거두며 홍예를 노려보았다.

그의 살기 어린 시선에도 홍예는 담담하게 맹호를 마주했다. 미동도 없는 그녀의 모습에 맹호는 이를 갈며 말했다.

"이번 일을 후회하게 될 거다."

짧고 굵직한 말을 남긴 맹호가 나머지 산적들을 데리고

신단을 빠져나갔다. 그들이 떠나는 모습을 팔짱 낀 채 바라보던 홍예가 눈살을 찌푸리며 투덜거렸다.

"하여간 산적 놈들……."

"홍예."

멀어져 가는 녹림채의 산적들을 바라보던 홍예는 귓가에 들리는 익숙한 목소리에 고개를 돌렸다.

그곳에는 구석에서 조용히 상황을 살피던 무연이 서 있었다. 그를 발견한 홍예가 얼굴을 밝히며 빠르게 계단을 내려와 무연의 앞에 섰다.

"무 공자?"

커다란 눈동자를 반짝이던 홍예가 무연을 위아래로 훑으며 말을 이었다.

"무복이 많이 상하셨네요. 무슨 일이 있으셨나요?"

"작은 다툼이 있긴 했지."

다른 사람들의 다툼과 무연의 다툼은 차원이 다르다는 사실을 잘 알고 있는 홍예는 깊게 묻지 않고 무연의 팔을 잡아 이끌며 말했다.

"일단 보는 눈이 많으니 올라가시죠."

"그, 그래."

언제나 망설임 없이 자신의 팔을 붙들고 신단의 가장 높은 층으로 거침없이 올라가는 홍예의 당돌한 모습은 어린 나이임에도 거침없고 당돌하기 그지없던 과거의 어린 홍예를 떠올리게 했다.

"그런데 신단에는 무슨 일로 오신 건가요? 맡기실 물건이라도?"

"응."

품속에서 마교신패를 꺼낸 무연이 신패를 내밀었고, 이를 두손으로 조심스레 받아든 홍예가 의아한 표정으로 바라보며 물었다.

"이건 이제 필요가 없으신 건가요?"

"이제 쓸 일이 거의 없을 것 같아. 맹으로 복귀해야 하니 가지고 있기도 뭐하고."

"으음……."

신패를 받은 홍예는 신패를 넣어 두었던 상자를 다시 꺼내어 조심스레 신패를 봉한 뒤 방에 놓인 금고에 넣어 두었다.

작업을 마친 홍예가 무연의 앞에 앉으며 말했다.

"같이 오셨던 여인은 어디 가셨나요?"

"그녀는… 그녀가 있어야 할 곳에 있지."

"아아……."

같이 왔던 단서연이 보이지 않자 홍예가 조심스레 물었다. 홍예는 있어야 할 곳에 있다는 얘기를 듣는 순간 눈빛을 번뜩였다.

"무공자님은 가정을 이루실 생각이 없으신가!?"

눈을 반짝이며 물어오는 홍예의 모습에 무연이 적잖이 당황하는 모습을 보이자, 홍예가 붉은 입술을 크기 벌리며 웃기 시작했다.

"하하하! 무 공자는 당황하는 모습이 귀여우시다니까요. 예상치 못한 것에 당황하시니… 하하!"

정말로 재미있는지 눈물까지 흘리며 웃는 홍예의 모습에 무연이 옅은 미소를 띠었다.

"그런데 녹림의 신물을 가지고 있다는 게 무슨 말이야?"

"아아… 어느 날 신단에 한 사내가 물건을 맡기러 왔었어요. 듣기로는 나무패는 데나 쓰일법한 평범한 도끼였다고 했는데, 알고 보니 녹림채의 신물인 후왕부(厚王斧)라 하더라고요."

후왕부라는 말에 무연이 고개를 끄덕였다.

그가 알고 있는 후왕부는 예전 무연이 무소월로 살아오던 시절의 녹림채주였던 양고건의 도끼였다. 그는 산적이면서 중원 내에서도 열 손가락 안에 드는 무공의 고수였다.

이따금씩 산적이라는 이유로 양고건을 얕보며 덤벼든 재야의 고수들이 상당했지만 그들은 하나같이 불귀의 객이되었다.

"후왕부라… 녹림채에서 성을 부리는 것도 이해가 되는군."

"물건을 받기 전에 알았으면 받지 않았을 텐데 받고 나서 알게 된 거라 저희도 어쩔 수 없었어요."

산적이란 상단과 표국에 있어서는 상당히 두려운 존재였

지만 무공을 다루는 문파들이 가득한 큰 도시에서 산적이란 산에 사는 파락호에 불과했다.

어찌 되었든 정통한 무공을 배운 무인들을 도적질이나 일삼는 산적들이 이길 리 만무했기 때문이다.

하지만 산적 중에서도 특별한 힘을 가진 자들이 모습들 드러냈는데 이들이 바로 녹림채였다.

녹림채는 특별한 장소를 정하지 않고 주기별로 자리를 옮긴다. 산에 대한 지식과 이해도가 높은 것은 물론이요, 그들이 오랫동안 연구하고 보완해온 녹림의 무공은 다른 중원의 문파들이 가진 무공들과 비슷한 수준이거나 더욱 뛰어났다.

이따금씩 녹림왕이라 불리는 초절정 이상의 수준을 가진 무인이 나타나 위세를 떨치기도 했다.

녹림채의 산적들은 중원의 무인들과는 별개로 명예를 중시하지 않고 오로지 승리를 중시하는 경향이 있었다.

때문에 싸움에 있어 비겁함을 따지지 않고 끈질기게 물고 늘어져서 싸움에서 이긴다 하더라도 잃는 것이 더욱 많아 중원의 문파들도 녹림채 만큼은 쉽게 건들지 못하는 실정이었다.

물론 대문파가 나서서 녹림채를 상대한다면 녹림채도 큰 피해를 입겠지만, 대문파 역시 적지 않은 피해를 봐야 했으니 애써 나서서 피해를 보려는 대문파가 존재하지 않았다.

"게다가 저희는 신단이다 보니 당사자 외에는 물건을 함부로 내어줄 수도 없어요. 그러니 저희도 어쩔 수 없이 가지고 있을 수밖에 없죠."

"후왕부를 맡겼다는 것은 보통 인물은 아니라는 뜻일 텐데… 누구인지는 알고 있어?"

"음, 제가 아는 것은 그자의 이름과 인상착의 정도예요."

자리에 일어선 무연이 홍예를 내려다보며 말했다.

"알려줘. 나를 도와줬으니 이번엔 내가 도와줄게."

"괜찮아요. 무 공자는 무 공자대로 바쁘실 텐데 굳이 이런 일까지 나서지 않으셔도……."

"그자의 이름과 인상착의."

뜻을 굽히지 않으려는 무연의 태도에 홍예가 두손을 들어 올렸다.

예부터 무연은 은혜를 입으면 무조건 은혜를 갚는 성격이라는 것을 알고 있었다. 뜻을 쉽게 굽히는 자가 아니라는 것도 잘 알고 있었기에 두손을 들어 올린 것이다.

"알았어요. 제가 졌어요. 그자의 이름은 이목림이에요. 인상착의는 평범한 무복에 가죽옷을 걸쳐 입고 있었고, 등에는 커다란 장궁을… 그리고 허리에는 단궁을 차고 있었어요. 사냥꾼인 것 같았는데 두개의 다른 종류의 활을 가지고 있었어요. 특이하죠?"

이어지는 홍예의 설명에 귀를 기울이고 있던 무연이 고개를 끄덕였다.

확실히 설명에 의하면 사냥꾼의 인상착의가 분명했는데, 특이한 점은 등에 메고 있는 길다란 장궁이었다.

사냥꾼은 감각이 예민한 동물을 사냥해야 했기 때문에 최대한 짐을 간소하게 꾸리고 다녔고, 짧은 시간 강한 힘을 주기 위해 단궁을 주로 사용했다.

그렇기에 장궁을 가지고 다니는 사냥꾼은 거의 없었다.

장궁은 시위를 길게 당겨야 하고 길이도 길어 숲에 몸을 숨기거나 이동할 때 불편했기 때문이다.

"이목림이란 이름에 두개의 길이가 다른 활을 가지고 있다라……."

"게다가 그에게 볼 일이 있는 건 저희뿐만이 아니라서 아마 몸을 숨기고 있을 거예요."

"녹림도 그를 쫓고 있나?"

무연의 물음에 홍예가 살며시 미소 지으며 고개를 끄덕였다.

"인기 많은 사내군."

"그것도 상당히요."

대강 사내의 정보를 입수한 무연이 이목림을 찾을 요량으로 신단을 빠져나왔다. 그의 뒤로 홍예가 급히 따라와 작은 주머니 하나를 건넸다.

"이건……?"

"은자 좀 넣어놨어요. 아무래도 금전이 필요할 것 같아서요."

"굳이 챙겨줄 필요는……."

"넣어두세요. 이 정도 지원을 해줄 정도는 된답니다."

빙긋 웃는 홍예의 화사한 얼굴을 보며 무연이 고개를 끄덕이며 신형을 돌렸다.

점점 멀어져 가는 무연의 뒷모습을 아련하게 바라보던 홍예가 오른손을 들어 자신의 귀를 매만졌다.

"참 한결같이 무심한 분이야."

세월이 지났음에도 변함없는 무연의 모습에 아련한 미소를 짓던 홍예가 신형을 돌려 신단 안으로 들어갔다.

*　*　*

"아낌없는 지원, 감사했습니다."

도원이 고개를 숙이며 감사를 전하자 혁우린이 마주 고개를 숙였다.

"아닙니다. 도움이 되었다니 다행이군요. 게다가 우려했던 혈교의 잔가지가 발견되지 않아 다행입니다."

"예……."

약속했던 이주라는 시간이 모두 지나고 화산파에서 건네주었던 모든 자료와 정보들을 반납한 도원은 별채로 돌아와 죽은 듯이 누워있는 용천단원들을 바라봤다.

남녀의 구분 없이 한데 어우러져 쓰러져있는 이들을 바라본 도원이 피식 웃으며 조용히 별채를 빠져나갔다.

화산파에 대한 내부감찰이 끝났으니 용천단의 역할도 끝났다. 그러니 그동안 쉬지 못해 생긴 피로를 해소할 시간을 마음껏 줄 생각이었다.

"감찰은 모두 끝나셨습니까?"

익숙한 목소리에 고개를 돌려보니 추홍선이 천천히 다가오고 있었다.

"아, 예. 화산파의 긴밀한 협조 덕에 순탄히 끝이 났습니다."

"혈교에 대한 건……?"

"다행이도……."

"다행이군요."

나란히 서서 화산파를 내려다보던 추홍선이 머리 위에 떠오른 태양 덕에 밝게 빛나는 화산파를 쭈욱 둘러보며 말했다.

"도원님은 지금의 무림… 그러니 지금의 중원을 어찌 생각하십니까?"

"어찌 생각하냐니… 그게 무슨 말씀이신지?"

"하하! 어렵게 받아들이실 것 없습니다. 단지 정사대전을 같이 겪은 동지로서 작금의 중원을 어떻게 보고 계시는지 여쭤어본 것입니다."

의미를 알 수 없는 추홍선의 물음에 도원이 고개를 끄덕이며 말했다.

"평화롭다고 볼 수 있겠죠. 지금처럼 중원이 평화로웠던

적은 없었으니까요. 중원의 7할은 무림맹의 손에 들어왔고 무고한 이들을 죽이고 괴롭히던 마적들이나 마두들의 수도 급감했으니 말입니다.”

“그럴지도 모르지요. 헌데 화산파의 자료와 정보들을 보셨으면 알고 계시겠지요?”

그게 무슨 말이냐는 듯 의아한 얼굴로 추홍선을 바라보자 그가 도원을 마주하며 천천히 말을 이었다.

“지금의 중원은 엉망이란 사실을 말입니다.”

“엉망… 이라고요?”

도통 의도를 모르겠는지 얼굴을 굳힌 채 서 있는 도원에게 추홍선이 살며시 다가가 그의 어깨에 손을 얹으며 말했다.

“평화가 계속되다 보니 무인의 힘은 점점 약해지고 비도덕적인 일들이 벌어지고 있습니다. 무인의 명예는 실추되어 무공을 사고파는 이들이 생겨났습니다. 무공의 힘보다는 금전의 힘이 강해지는 시대가 오고 있는 거죠. 무인이 천대받는 시대가 오고 있는 겁니다.”

“평화가… 두려우신 겁니까?”

도원이 얼굴을 굳힌 채 묻자 추홍선이 고개를 저으며 살며시 미소를 지었다.

“아닙니다. 평화란 좋지요. 사랑하는 이를 잃을 걱정을 하지 않아도 되니까요. 하지만… 대비해야겠지요. 변해가는 시대에 맞춰……..”

말을 마친 추홍선이 도원의 어깨를 몇 번 두드린 후 떠나 가기 시작했다.

의미심장한 말을 남기고 멀어져 가는 추홍선의 뒷모습을 한참 동안 가만히 서서 지켜보던 도원이 추홍선이 손을 댄 어깨를 털어냈다.

"불안한 말을 하는군."

$$* \quad * \quad *$$

"정말로 태소운을 찾으러 갈 거야?"

"몇 번이나 말하게 할 거야? 주군의 뜻이니 태소운을 찾 으러 가야지."

"하……!"

담백이 머리를 긁적이며 인상을 찡그렸다.

그는 태소운이 교주가 되는 것이 못마땅했다. 이는 설영 도 마찬가지였는지 그의 표정 역시 굳어 있었다.

"서열 다툼도 싫다. 무공을 배우는 것도 귀찮다고 해서 신교를 제 발로 뛰쳐나간 놈이 무슨 교주가 되냐는 말이 야?"

불만 어린 담백의 투정에 설영은 아무 말도 하지 않았다. 그도 그럴 것이 태소운은 도망자였다.

타고난 재능 덕에 그는 단명우 이후로 가장 뛰어난 무인 이라 불렸다. 그의 타고난 재능은 당시 기재라 불리던 신천우를 훨씬 능가했고, 눈으로 본 것만으로 무공을 익히는 괴물 같은 천재성을 보였다.

하지만 태소운은 선천적으로 누군가와 경쟁하는 것을 싫어했고 주변 사람들의 이목을 받는 것도 꺼려했다.

항상 유유자적한 삶을 꿈꾸던 그는 마교의 서열 다툼이 지겹다며 뛰쳐나갔다. 그 이후 한번도 마교 근처에서 모습을 드러낸 적이 없었다.

"잔말 말고 따라와. 태소운을 찾아야 하니까."

"젠장! 제기랄!"

욕지기를 내뱉으며 투덜대던 담백은 앞서나가는 설영을 따라 발걸음을 재촉했다. 이러니저러니 해도 단서연의 명령이었으니 거부할 수는 없었다.

"이런, 육시럴!"

* * *

"여기가 개방 호남분타인가?"

"으음… 뭐, 뭐야?"

따스한 햇볕에 몸을 데우며 잠을 자고 있던 덕구는 따스한 햇살을 가리며 등장한 한 사내를 보며 인상을 찡그렸다.

검은 무복을 입고 머리를 길게 뒤로 기른 사내가 무심하게 내려다보고 있었다.

"누구요?"

"여기가 개방 호남분타인가?"

"잘못 찾았소… 여긴 그냥 거지소굴이요."

자기 할 말만 하고 몸을 돌려 눕는 덕구를 보며 무연이 손을 뻗었다.

"어? 으, 으악!"

무연의 한손에 붙들려 공중에 뜬 덕구가 바둥거리며 공중에서 내려오려 했지만 그를 잡아든 무연의 손은 꿈쩍도 하지 않았다.

"세번 이상은 안 물어."

"누, 누구신데 그러시요?"

"무림맹 용천부단주 무연이다."

"패… 패가 있소?"

패가 있냐는 덕구의 물음에 무연이 품에서 용천패를 꺼내어 보여주었다.

공중에 뜬 상태로 눈을 가늘게 뜬 덕구가 용천패를 살펴보았다.

곧 패가 진짜라는 것을 알아차린 덕구가 고개를 숙이며 포권지례를 했다.

"개방 호남분타의 덕구입니다. 무슨 용건으로……?"

덕구의 태도가 공손해지자 무연이 그를 내려놓으며 말했다.

"사람을 한명 찾고 있다."

"누, 누구를 찾습니까?"

"이름은 이목림. 특이점은 장궁과 단궁을 각각 등과 허리춤에 찬 사냥꾼이라는 거다."

이어지는 무연의 설명에 덕구가 재빨리 받아 적기 시작했다.

그는 개방의 거지답게 능숙하게 붓통에서 붓을 꺼내어 적기 시작했다. 대강 이목림에 대한 정보를 들은 덕구가 신형을 돌리며 말했다.

"일단 분타장님께 언질을 넣어놓겠습니다!"

덕구가 재빠르게 거지소굴로 들어간 지 약 일다경 정도가 지났을 무렵, 머리를 산발로 기른 한 신형이 천천히 무연을 향해 걸어오고 있었다. 멀리 있었음에도 풍겨오는 엄청난 악취 때문에 무연은 후각을 포기해야 했다.

"개방 호남분타 부분타장 미홍이요."

들려오는 앳되고 여린 목소리에 미홍을 똑바로 바라보았다. 미홍이 손을 들어 자신의 얼굴을 가린 덥수룩하고 떡진 머리를 좌우로 가르며 뒤로 넘겼다.

"사람을 찾는다고요? 이름은 이목림… 사냥꾼 차림에 활을 두개 가지고 있다라… 호남에 있다면 빠르면 내일까지 정보가 갈 것이고. 호남에 없다면 닷새는 기다려야 할 겁니다."

무미건조한 미홍의 말에 무연이 고개를 끄덕이며 말했다.

"호남에 있는 임안객잔에 있을 테니 정보가 들어오는 대로 알려줘."

"알겠습니다."

고개를 살짝 숙인 미홍이 터덜터덜 거지소굴로 걸어 들어가자 무연이 지체 없이 신형을 돌리며 말했다.

"여자 거지는 처음 보는군."

이틀 뒤 임안객잔에 한 거지가 찾아왔다.

식당에서 차를 마시던 무연은 익숙한 거지의 등장에 찻잔을 내려놓고 객잔 문을 열고 나갔다. 그곳에는 미홍이 멀뚱히 서서 무연을 바라보고 있었다.

"부분타장이 직접 올 줄은 몰랐군."

"여기 있습니다."

미홍이 건넨 종이에는 이목림의 최근 동향이 적혀 있었다. 가장 최근 발견된 곳은 호남의 북쪽에 위치한 소곡산이었다.

"사냥이라도 하고 있던 건가?"

"아무래도 그런 것 같습니다."

소곡산은 무연이 있는 곳에서 반나절은 걸어야 도착하는 곳이었다. 대충 이목림의 위치를 파악한 무연이 고개를 끄덕이며 미홍을 향해 말했다.

"고마워."

감사 인사를 마친 무연이 신형을 돌려 소곡산이 있는 북

쪽으로 걷기 시작했다. 그런데 한가지 이상한 점을 느낀 무연이 자리에 우뚝 멈춰 서며 뒤로 고개를 돌렸다.

그곳엔 미홍이 무미건조한 표정으로 자신을 올려다보고 있었다. 무연이 다시 고개를 돌려 걷기 시작하자 미홍이 뒤를 쫓아 걷기 시작했다. 한참을 걸어도 미홍이 자신을 따라오고 있음을 느낀 무연이 다시 뒤를 돌아보며 말했다.

"왜 따라오는 거지?"

"저도 소곡산에 갈 생각입니다."

"어째서……?"

무연의 물음에 미홍이 품을 뒤적이더니 품에서 화살촉 하나를 꺼내 보였다.

"호남산 일대에 야생동물의 수가 급감했습니다. 비록 거지들이 구걸을 해서 끼니를 때운다고는 하나 기근이 들거나 겨울철이 되면 저희도 사냥을 해야 합니다. 하지만 야생동물의 수가 급감하고 있으니 겨울철에 저희가 사냥할 동물들의 수도 적어지고 있습니다."

"야생동물을 사냥하는 자가 이목림이라는 건가?"

"추측입니다만 이 화살촉은 다른 화살촉과는 다른 모양을 하고 있습니다."

미홍의 말대로 그녀가 손에 들고 있는 화살촉은 다른 화살촉에 비해 크기도 컸다. 둥근 뿔의 형태를 지니고 있었는데, 마치 회오리나 소용돌이를 형상화한 듯한 모습의 화살촉이었다.

"독특하군."

꽤 오랜 기간 살아왔다고 자부하는 무연도 처음 보는 화살촉이었으니 그 모양새가 특이하다고 할 수 있었다.

무연의 감상평에 미홍이 동감한다는 듯 고개를 끄덕이며 품에 화살촉을 넣고 말했다.

"호남에 동물들을 잡아들이는 사냥꾼이 아예 없던 것은 아니지만 이 화살촉을 가진 사냥꾼은 무차별적인 사냥을 합니다. 산에서는 육식동물과 초식동물의 균형이 중요한데 이 자는 초식동물을 주로 사냥합니다. 그런데 문제는 이 사냥이 생계를 위한 사냥이 아니라는 겁니다. 잡은 동물의 뼈와 가죽, 살덩이를 버려두고 가니까요."

미홍의 말처럼 산에 존재하는 육식동물과 초식동물의 균형은 매우 중요했다.

육식동물이 많으면 초식동물의 씨가 마를 것이며 반대로 초식동물이 많아지면 산이 황폐해졌다.

그러니 적절한 균형이 매우 중요했다. 소용돌이 모양의 화살촉을 지닌 사냥꾼은 초식동물을 주로 사냥하여 균형을 깨고 있는 것이다.

"어찌 되었든 너도 그자를 잡아야 한다는 말인가?"

"그렇습니다. 저도 가야 합니다."

개방원들의 생계를 위해 미홍이 따라나서자 딱히 거부할 이유가 없는 무연은 고개를 끄덕이며 함께 북쪽으로 향하기 시작했다.

　　　　　　　* 　 * 　 *

"그동안 신세 많이 졌습니다."

장사혁을 향해 도원이 깊게 고개를 숙였다.

장사혁은 인자한 미소를 띠며 용천단원들을 둘러보았다. 그동안 화설을 통해 용천단의 활약들을 들어왔기에 도원의 어깨를 두드리며 말했다.

"고생이 많다고 들었다."

"아닙니다. 무림맹의 무인으로서 당연한 일들을 해낸 겁니다."

"너무 겸손 떨지 말게. 자네들이 해온 일들은 누구나 해낼 수 없는 것이니."

이어지는 장사혁의 칭찬에 도원이 몸 둘 바를 몰라 어색하게 미소 짓자 용천단원들이 웃으며 도원을 바라봤다.

"아무튼 화산파에는 혈교의 잔가지로 의심되는 부분이 드러나지 않았다니 다행이야."

"예. 다행입니다."

"이제 다시 맹으로 돌아가는 겐가?"

"모든 볼일을 마쳤으니 다시 복귀해야겠지요."

"그래. 조심히 들어가게."

"예. 건강하십시오."

다시 한번 깊게 고개를 숙이며 포권을 건네는 도원을 향

해 장사혁이 마주 포권을 해주었다. 그 뒤로 용천단원들이 공손히 장사혁을 향해 예를 갖추어 인사를 올렸다.

"설이도 가는 게냐?"

"저도 맹의 사람이니까요. 아쉽지만 가봐야죠."

"흘흘! 그래, 항상 몸조심 하거라."

"네. 알겠습니다!"

천소단원이었던 화설도 용천단과 함께 맹으로 복귀할 준비를 해야 했다. 그녀의 옆에 서 있던 화설중이 살짝 울상인 얼굴로 장사혁을 바라봤다.

"어찌 사부님은 제자인 저는 챙겨주시지 않는 겁니까?"

"네놈이야 알아서 잘하겠지."

화설과의 대화를 마치기 무섭게 장사혁이 신형을 홱 돌리자 화설중이 울상을 지었다.

같은 제자였건만 대우는 천지 차이였다.

급격하게 시무룩해진 화설중에게 다가간 남궁청이 그의 어깨에 팔을 두르며 말했다.

"자네와 설이를 같이 보면 안 되지. 설이는 장사혁님을 녹이는 재주가 있지 않은가?"

"하지만… 내가 어리광을 부리면 싫어하신단 말이야."

투덜거리는 화설중을 보며 남궁청이 얼굴을 굳혔다.

그걸 정말 몰라서 투덜대는 거냐고 묻는 듯한 남궁청의 표정에 화설중이 긴 한숨을 내쉬며 말했다.

"하아… 나도 알고 있네, 알고 있어."

"알고 있다니 다행이야. 그럼 준비하자고. 우리도 맹으로 돌아가야 하니."

천소단원과 용천단원은 화산파에 도착했던 모습 그대로 맹으로 복귀할 준비를 마쳤다.

그리고 그들의 모습을 보고 있던 중년 남성이 고개를 돌리며 말했다.

"이대로 괜찮겠습니까?"

추홍선의 물음에 뒤에 있던 혁우린이 의아한 얼굴로 물었다.

"무슨 말인가?"

"맹주를 등에 업은 용천단의 무소불위의 권력이 괜찮겠냐는 겁니다. 저들은 앞으로 남궁세가를 비롯한 모든 대문파들을 감찰하고 돌아다닐 겁니다. 그러면 본 파와 같이… 문파의 모든 비밀들을 알게 되겠지요."

나지막이 들려오는 추홍선의 말에 혁우린이 얼굴을 굳혔다. 그의 말대로 맹주를 등에 업은 용천단은 그동안 누구도 건들지 못했던 대문파를 긁기 시작했다.

비록 혈교와 관련된 내용이 아닌 모든 자료나 정보는 머리에 담아두지 않고 후에 문파에 대해 어떤 피해도 가지 않게 하겠다고는 했지만 지켜봐야 아는 일이었다.

"어쩌면 혜정이 대문파들의 약점을 잡아두려 용천단을 부리는 것이라면… 어찌하시겠습니까?"

이어지는 추홍선의 물음에 혁우린이 눈매를 가늘게 좁히

며 멀어져 가는 천소단과 용천단원들을 향해 말했다.

"이대로… 가만히 당하고만 있을 수는 없지."

* * *

소곡산은 정상이 높지 않았다. 거기다 산의 경사가 원만해 이따금씩 약초꾼이나 유랑객의 등산로가 되기도 하는 곳이었다.

마을과는 꽤 거리가 있는 산이었는데, 초입에는 약초를 캐고 내려온 약초꾼들이 망태기를 들고 서 있었다.

"혹시 소곡산에서 사냥꾼을 보지 못했습니까?"

앳된 여인의 목소리에 약초꾼들이 고개를 돌리자 산발 머리를 한 여자 거지가 서 있었다.

"에구! 깜짝아. 귀신인 줄 알았네."

"뭐, 뭘 봤냐고?"

그들도 여자 거지는 처음이었는지 미홍을 보고 깜짝 놀랐다. 마음을 추스른 약초꾼 한명이 묻자 미홍이 고개를 끄덕이며 말했다.

"활을 두개 들고 있는 사냥꾼입니다. 등에는 장궁을 허리에는 단궁을 지니고 있습니다."

"아… 그게, 난 본 적이 없는데 자네는 있는가?"

"나, 나도 없어. 그런 사냥꾼은……!"

서로를 바라보며 고개를 젓는 약초꾼을 무미건조한 눈으

로 바라보던 미홍이 고개를 꾸벅 숙이며 무연에게 다가왔다.

"이곳에⋯⋯."

"이목림이 있군."

듣지 않았음에도 이목림이 있다고 말하는 무연의 모습에 미홍이 살짝 놀란 듯 눈을 크게 떴지만 이내 무미건조한 무표정으로 돌아오며 말했다.

"네. 약초꾼들은 본 적이 없다 하지만 아무래도 뭔가 숨기고 있는 것 같더군요."

미홍의 말을 들으며 천천히 고개를 끄덕이던 무연이 소곡산을 바라봤다.

잔잔한 바람이 불어와 나뭇잎들을 쥐고 흔들고 있었다. 울창한 수풀이 숲속을 가득 메우고 있었다. 조용하기 그지없는 소곡산을 바라보던 무연이 한 걸음 내디뎠다.

"아?"

바로 옆에 있던 무연의 신형이 일순간 사라지자 놀란 미홍이 눈을 끔벅이며 주변을 둘러보았다. 하지만 어디에서도 무연의 모습은 찾아볼 수 없었다.

한편, 멀리서 약초꾼들 앞에 나타난 미홍과 무연을 숨어 지켜보던 사내는 자신을 똑바로 바라보는 무연을 보고는 놀라 뒷걸음질 쳤다. 일순간 자신을 바라보던 무연이 시야에서 사라지자 주변을 둘러보며 허리춤에서 단궁을 꺼내 들었다.

"네가 이목림…….."

탁—!

정확하게 허벅지를 노리고 날아든 화살을 빠르게 잡아챈 무연이 고개를 들었다.

방금까지만 해도 단궁을 들고 서 있던 남자는 이미 자취를 감춘 채 모습을 숨긴 상태였다.

손에 쥔 화살을 내려다본 무연이 미홍을 바라봤다.

허벅지를 노리고 날아든 화살의 촉은 그녀가 보여주었던 화살촉보다 크기는 작았으나 모양은 비슷했다.

"미홍이 찾던 녀석이군. 그나저나 이목림이 맞는지를 물어봐야 하는데…….."

화살을 부러뜨린 후 촉만 품에 갈무리해 넣은 무연이 주변을 둘러보았다. 인기척을 지우는데 능한 자였다.

보통의 무인들이라면 소리 소문 없이 사라진 사냥꾼을 찾아낼 수 없었을 테지만 상대는 무연이었다.

가만히 주변을 둘러보던 무연이 고개를 돌리며 왼팔을 휘둘렀다.

콰앙—!

나무가 터져나가자 그 옆 수풀에 몸을 숨기고 있던 사냥꾼이 번개같이 튀어나오며 활시위를 당겼다.

피잉—!

활시위가 거칠게 튕겨지는 소리가 들려오더니 이내 두개의 화살이 좌우를 점하며 날아들었다.

아까와는 다르게 한개의 화살은 복부로, 한개의 화살은 등을 노리고 날아들었다.

흥미롭게 자신을 향해 날아드는 화살을 물끄러미 바라보던 무연이 오른팔을 앞뒤로 빠르게 휘둘렀다.

"흡!"

무연의 오른손에 두개의 화살이 맥없이 잡히는 것을 본 사냥꾼이 단궁을 허리춤에 메면서 동시에 등에 메고 있던 장궁을 손에 쥐고, 등에 있는 화살통에서 거대한 화살을 꺼내 들었다.

미홍이 보여주었던 화살촉과 같은 화살이었다.

"네가 이목……."

피슈웅!

활시위를 놓기 무섭게 거대한 화살이 무연의 가슴을 노리고 날아들었다.

보통의 화살과는 차원이 다른 속도에 눈살을 살짝 찌푸리며 신형을 움직였다.

콰드드득—!

무연이 화살을 피하자 목표를 잃은 화살은 거대한 나무에 박히는 것으로도 모자랐는지 그대로 나무의 몸통을 뚫고 지나갔다.

거대한 나무에 주먹만한 구멍이 생겨난 것을 본 무연이 장궁을 든 사냥꾼을 바라봤다.

딱히 무공을 배운 것 같진 않았는데, 사냥꾼이 날려 보낸 화살에는 내력이 담겨있었다.

이는 두 가지 경우로 볼 수 있었는데 궁술을 배운 무인이거나 선천적으로 자연의 기운에 친화력이 높아 저도 모르는 사이에 기운을 담아내는 경지로 볼 수 있었다.

어느 쪽이든 특이한 사냥꾼인 것은 확실했다.

"너는 누구지?"

짧은 머리 그리고 눈 한쪽엔 안대를 한 사냥꾼이 무연을 향해 물었다.

"빨리도 물어보는군."

무연의 말에 사냥꾼이 활시위를 강하게 당기며 말했다.

"묻는 말에나 대답해. 넌 누구지?"

"난 무림맹 소속의 무인 무연이다. 네가 이목림인가?"

"내 이름을 어떻게 알고……."

부스럭─!

무연과 대화를 나누던 이목림은 갑작스럽게 들리는 인기척에 빠르게 신형을 돌려 활시위를 당겼다.

본능적인 움직임이었는데 그가 활시위를 당기려 몸을 돌리는 순간 무연도 함께 움직였다.

디이이잉!!

무연의 손에 잡힌 이목림의 화살이 힘의 반동으로 인해 부르르 떨었다. 화살촉을 바로 앞에서 마주한 미홍이 놀란 듯 눈을 동그랗게 뜬 채 가만히 서 있었다.

"무슨 짓이지?"

우드득—!

거칠게 화살을 부러뜨린 무연이 싸늘한 눈빛으로 이목림을 바라봤다. 만약 무연이 조금만 느리게 반응했더라도 화살은 미홍의 미간을 꿰뚫고 머리통을 박살냈을 것이다.

당황한 것은 이목림도 마찬가지였는지 그는 복잡한 얼굴로 미홍과 무연을 번갈아 바라보고 있었다.

"너흰 누군데 나를 쫓는 거야!?"

이목림이 재차 활시위를 당겼다.

거대한 화살을 시위에 먹인 이목림을 보며 무연이 천천히 기운을 끌어올리기 시작했다.

은빛으로 빛나는 그의 기운이 소곡산을 가득 메우기 시작했고 거력의 기운에 압박감을 느낀 이목림이 몸을 떨며 비틀거리기 시작했다.

"활 내려놔. 네 두팔을 부러뜨려 버리기 전에."

툭—!

이길 수도 도망칠 수도 없다는 것을 깨달은 이목림이 활을 바닥에 내던졌다.

그는 녹림의 산적들에게 쫓길 때도 수십 대의 화살이 등 뒤를 날아들 때에도 이 정도의 공포와 압박감을 느낀 적이 없었다. 그런데 앞에 선 검은 무복의 사내가 녹림채의 전부보다 두렵다고 느꼈다.

"네가 녹림으로부터 후왕부를 훔쳤나?"

"녹림에서 보낸 자냐?"

이목림이 두눈을 치켜뜨고 묻자 무연이 고개를 저었다.

"아니. 내가 볼일 있는 곳은 천일신단이다. 네가 그곳에 후왕부를 맡기는 바람에 신단이 곤란해졌거든."

"아… 그런…….."

자신의 행동 때문에 신단의 상황이 곤란해질 줄은 몰랐는지 난처한 표정을 짓고 있을 때 미홍이 품에서 화살촉 하나를 꺼내며 그에게 내밀었다.

"당신의 화살인가요?"

"아, 예. 제 것입니다."

그 역시 여자 거지는 처음인지 미홍을 보며 눈을 끔벅이다가 곧 그녀가 내민 화살촉을 보며 고개를 끄덕였다.

그가 자신의 것이라 말하자 미홍이 팔짱을 끼며 말했다.

"그럼, 왜 호남일대 초식동물들의 씨를 말리는지 알 수 있을까요?"

세상에 아무런 관심이 없는 듯 멍한 표정과 무미건조한 목소리로 일관하던 미홍이 처음으로 분노라는 감정을 담아내어 묻자 이목림이 입술을 살짝 깨물며 말했다.

"녹림채 때문입니다."

"녹림채?"

"그들은 산적채이다 보니, 산에서 생활을 합니다. 보통 육식을 하는 동물들은 인간을 공격하는 법이 거의 없는데 초식동물들, 즉 자신들의 식량이 부족해지면 사람을 공격합니다."

이어지는 이목림의 말에 가만히 듣고 있던 무연이 그를 향해 물었다.

"녹림채가 야생동물에게 피해를 입도록 초식동물들을 사냥한 건가?"

"그래, 아니… 그렇습니다. 녹림같이 큰 산적채에게 큰 피해를 줄 순 없겠지만 최소한 그들이 귀찮아질 수 있을 거라고 생각했습니다. 그런데 다른 분들에게 피해가 간다는 걸 생각했어야 했는데 제가 생각이 짧았군요. 죄송합니다."

자신의 잘못을 인정한 이목림이 고개를 숙였다.

생각보다 빠르게 잘못을 인정하고 속죄하는 모습에 미홍이 볼을 긁적였다.

그녀를 뒤로 하고 무연이 이목림에게 다가가 말했다.

"후왕부를 천일신단에서 되찾은 뒤 녹림에게 넘겨. 네가 안 그러면 녹림에서 천일신단을 계속해서 압박할 테니."

"…그럴 순 없습니다."

이제껏 자신의 잘못을 인정하고 사과하던 그가 후왕부를 언급하자 다급히 고개를 저으며 말했다.

"후왕부는 안됩니다. 천일신단은 뭐든지 맡길 수 있는 곳 아닙니까? 신단이 제 역할을 할 수 없다면 더 이상 신단이라고 할 수 없지요!"

"네가 녹림에게 어떤 증오심을 가지고 그런 짓을 벌였는지는 모르겠지만, 네가 후왕부를 찾아가지 않으면 내가 취

할 수 있는 방법은 두 가지밖에 없다."

무연의 무심한 목소리에 이목림이 불안한 듯 무연을 바라봤다.

불안한 눈으로 바라보는 이목림을 향해 무연이 천천히 다가가 말했다.

"첫째는 후왕부를 달라며 협박하는 녹림채를 박살내는 것이고."

단순히 걸어오는 것뿐인데도 거센 압박은 받기 시작한 이목림이 몸을 떨며 뒷걸음질 쳤다.

"두 번째는 후왕부를 천일신단에 맡긴 놈을 강제로 끌고 가서 녹림에 넘기는 거다."

스산하기 짝이 없는 무연의 목소리에 이목림이 몸을 덜덜 떨며 바닥에 주저앉았다.

칼을 쥐고 하는 협박도 아니었고 내력을 끌어 모아 온몸을 압박하는 것도 아니었다.

단지 단순히 입을 열어 말을 하는 것뿐인데도 온몸이 무연에 의해 갈기갈기 찢기는 듯한 공포를 느꼈다.

"첫째는 시간도 시간이요, 녹림의 산적을 상대하는 것은 여간 귀찮은 일이 아니니 두 번째가 가장 좋겠지."

"주, 죽겠소!"

품에서 단도를 꺼낸 이목림이 자신의 목에 단도를 들이밀었다.

"후왕부를 맡긴이는 나요! 증명서 또한 나밖에 모르는

장소에 놓여있으니 천일신단에서 후왕부를 되찾을 수 있는 것은 오로지 나뿐이요. 이렇게 계속해서 협박한다면 이 자리에서 자결하고 말겠소!"

자신의 말이 허언이 아니라는 것을 증명해 보이려는 듯 이목림은 단도를 목에 가져다 댔고, 시퍼렇게 날이 선 단도는 목을 살짝 베어 피를 흘리게 했다.

주저앉아 자결하겠다고 협박하는 이목림을 보며 무연이 자세를 낮춰 그와 눈높이를 맞췄다.

"왜 후왕부를 훔쳤지? 녹림의 신물을 훔치고도 무사할 거라 생각했나?"

"내가 할 수 있는 최고의 복수였소."

"복수?"

"나는 사냥꾼이 아들이요. 우리 가족은 풍족하진 않았지만 모자람 없이 살아왔소. 그런데 어느 날… 녹림채 놈들이 호남에 자리를 잡았소. 그리고 모든 산이 자신들의 것이라며 사냥을 하거나 약초를 캐고 싶거든 일정량의 이용료를 지불하라고 했소."

이어지는 이목림의 울먹임에 미홍이 무연의 뒤로 다가와 그의 말을 듣기 시작했다.

"산이 주인이 어디있겠냐만… 사냥꾼이었던 아버지는 생계를 위해 어쩔 수 없이 녹림채에 이용료를 지불하기 시작했소. 그래도 아버지의 사냥술은 뛰어난 편이라 수입은 괜찮았고 이용료를 못 낼 것도 없었소. 하지만 그들은 그

것으로 멈추지 않았소. 이용료로도 모자라… 내 누이를
원했소.”

떨리는 목소리로 이목림의 내뱉는 이야기는 참혹하기 그
지없었다.

오죽했으면 항상 무미건조한 표정을 짓는 미홍도 안타까
운지 미간을 좁힌 채 인상을 찌푸리고 있었다.

“아버지는 당연히 거절했고… 어느 날 자고 있는 우리
집에 불이 났소. 불길 속을 빠져나오지 못한 어머니와 아
버지는 불에 타 죽었고 누이는 어둠 속에서 나타난 사내들
에게 붙잡혀갔소. 누이를 구하기 위해 부모님의 시신도 수
습하지 못한 채 사내들을 뒤쫓았는데… 그곳에서 내가 발
견한 것은 가슴에 손도끼를 박은 채 죽어 있는 누이의 시
신이었소. 끌려가던 누이가 반항을 하기 시작했고 참다못
한 산적이 홧김에 누이를 죽인 것이겠지…….”

“그래서 녹림의 신물인 후왕부를 훔친 건가?”

담담히 이목림의 이야기를 듣고 있던 무연이 그를 향해
묻자, 이목림이 눈물을 흘리며 고개를 끄덕였다.

“그렇소. 산적은 죽어 봤자 슬픔을 느끼지 못했고 채주
를 죽여 봐야 산적 놈들은 슬퍼하긴 커녕 자신들의 서열이
올랐다며 좋아할 것이 뻔했기에 그들의 상징이자 자존심
인… 신물을 훔친 것이요.”

울먹이는 이목림을 보며 무연이 앞머리를 쓸어 올렸다.

애초의 계획은 자신을 도와준 홍예에게 은혜를 갚고자

이목림을 찾아내어 후왕부를 되찾아가도록 설득을 할 생
각이었는데 이상하게 일이 꼬여가고 있었다.

점점 일이 복잡해지고 있음을 깨달은 무연이 짧은 한숨
을 내쉬며 자리에 일어섰다.

"휴. 쉽게 되는 일이 없군."

무연의 짤막한 한마디를 들은 이목림이 고개를 들어 올
려 무연을 바라봤다.

무연은 자신을 바라보는 이목림을 내려다보았는데 그의
충혈된 눈을 바라보던 무연이 조용히 물었다.

"후왕부를 되찾아올 생각은 없겠지?"

"물론."

"그럼 남은 방법은 하나군."

말을 마친 무연이 신형을 돌렸다. 그런 무연을 보며 미홍
이 말을 건넸다.

"어찌 하실 생각입니까?"

미홍의 물음에 무연이 나지막이 중얼거렸다.

"녹림채주를 만나야지."

산의 주인

"혹시 녹림의 위치를 알고 있어?"

무연의 물음에 미홍이 당연하다는 듯 고개를 끄덕였다.

"저흰 개방입니다. 웬만한 크기의 문파나 집단의 위치는 항상 주시하며 기록하고 있습니다."

"현재 녹림의 위치는?"

"저희가 알아본 바로는 현재 악록산 일대에 자리를 잡고 있는 것으로 파악되고 있습니다. 갱신된지 얼마 되지 않은 정보니 아직 그곳에 있을 겁니다."

"악록산이라. 멀진 않군."

악록산은 호남의 북쪽 근방에 위치한 산으로 소곡산보다

는 아래쪽에 위치해 있었다. 소곡산과는 반나절도 채 안 되는 거리. 녹림에게 쫓기는 입장에서 녹림채가 주둔하고 있는 악록산의 바로 위쪽 산에서 사냥을 하고 있던 이목림의 대담함이 엿보였다.

"녹림채로 가겠다는 말입니까?"

이목림이 불안한 듯 물었다. 비록 녹림채 근처에서 사냥을 하고 있긴 했지만 정면으로 마주할 자신이 있는 것은 아니었다.

"네가 원하는 건 복수고, 복수를 이룰 때까진 후왕부를 가져갈 생각이 없는 것 같으니 복수를 해야지."

"하지만… 녹림채의 산적들을 상대로 어떻게 복수를 하라는 말씀이십니까?"

말도 안 되는 일이라고 이목림이 반발하고 나섰지만 무연의 표정은 무심하기 그지없었다.

그는 이목림에게 고개를 돌리며 말했다.

"그래서, 평생 녹림채 주변의 야생동물이나 사냥하면서 쫓기며 살 텐가?"

"어쩔 수 없소."

"잘하는 짓이군. 네 가족들을 불태워 죽이고, 누이까지 죽인 자들은 산적질하다가 눈먼 칼에 목숨을 잃거나 세월이 지나 늙은 몸뚱아리를 지고 한적한 산골에서 여생을 보내다 눈을 감겠지. 자신들이 죽인 자들에 대해서는 까마득히 잊어버린 채."

이어지는 무연의 무심한 말에 이목림이 두 주먹을 불끈 쥐었다. 그라고 복수를 하고 싶지 않겠는가. 자신들의 가족을 죽인 자들을 가만히 두고 싶겠는가.

이목림은 그들이 평안한 여생을 보내게 하고 싶지도, 자신의 가족들을 무참히 죽인 기억을 잊게 하고 싶지도 않았다.

하지만 문제는 힘이었다. 대문파에서도 꺼려하는 녹림채를 혼자서 어떻게 상대하겠는가. 그걸 아는지 모르는지 검은 무복의 사내는 녹림채로 가서 복수를 이루라고 말하는 것이다. 답답해진 이목림이 입술을 깨물며 두눈을 부릅떴다.

"내가 후왕부를 내놓지 않으니 나를 죽이려는 것 아니오?"

이목림의 물음에 앞서 걸어가던 무연이 발걸음을 멈추었다. 그가 멈추자 옆에서 말없이 묵묵히 걷고 있던 미홍도 덩달아 그 자리에 멈추었다. 이목림이 무연을 똑바로 바라보며 울부짖듯 외쳤다.

"내가! 내가 녹림채를 상대로 복수할 수 없다는 걸 당신도 알것 아닙니까!? 그런데 나를 녹림채로 데려가겠다는 건 천일신단을 위해서 나를 녹림채에 팔아먹겠다는 것 아닙니까?"

말을 마친 이목림이 고개를 미친 듯이 저으며 거친 숨을 토해냈다.

"아니. 그럴 순 없습니다. 내 가족들을 죽인 자들에게 가서 이번엔 내 목숨을 내놓으라뇨. 그럴 순 없습니다. 그들을 죽이지 못한다고 해도, 복수를 이룰 수 없다 해도 나는

살아남을 겁니다. 그래서… 그들이 죽는 순간까지 조금의
고통이라도 받을 수 있도록 할 겁…….”

짜악—!

무연의 손에 따귀를 맞은 이목림의 고개가 홱 돌아갔다.
볼은 붉게 물들었고 눈에는 눈물이 글썽거렸다.

따귀를 맞은 후 고개를 다시 돌려 무연을 바라봤는데, 계
속해서 무심한 표정으로 일관하고 있던 무연이 인상을 찡
그리고 있었다.

“죽으라 한 적도 없고, 널 팔아먹겠다고 한 적도 없다.”

“그럼 뭡니까! 저보고 녹림채에 가서 무엇을 하란 말입
니까?”

“네가 이루고자 하는것.”

담담한 무연의 말에 이목림이 입을 다문 채 무연을 바라
봤다. 이루고자 하는 것. 물론 복수였다. 가족을 죽인 자들
에게 똑같은 벌을 내리고 싶었다.

하지만 여태껏 그러지 못했던 이유는 단연코 힘이 없어
서였다. 의지가 부족해서도, 두려움에 사로잡혀서도 아니
었다. 그 일을 행할 힘이 없어서일 뿐.

“내가 네게 주려는 것은 죽음이 아니라 기회다. 녹림채
전부를 상대로 싸우라는 것이 아니다. 네 가족들을 그렇게
만든 자들에게 복수를 이루라는 거지.”

잠자코 무연과 이목림의 대화를 듣고 있던 미홍이 무연
의 말을 듣고는 참지 못했는지 입을 열었다.

"녹림채가 다른 산적들과 다른 점은 유대감입니다. 비록 개인의 죽음에 일일이 슬퍼하는 것은 아니지만, 그들의 집단에 대한 충성심은 다른 산적과는 비교도 할 수 없습니다. 서로를 위하는 것은 아니더라도, 가족의 복수를 위해서라고 설명해도 녹림채는 자신들의 일원을 순순히 내어 주지 않을 겁니다."

미홍의 말도 일리는 있었다. 녹림채가 다른 산적들에 비해 강한 힘을 가질 수 있던 것도, 많은 산적들을 보유하고 있는 것도 모두 녹림에 대한 충성심과 유대감 때문이다.

개개인이 서로를 사랑하고 위하는 것은 아니더라도, 집단에 대한 충성심과 유대감은 어느 문파에도 뒤지지 않았다. 그러니 그들은 녹림채의 일원도 아닌 자의 복수를 위해 자신들의 일원을 내어줄 리 없었다. 그 말은 곧 이목림의 복수를 위해서는 녹림채 전부를 상대해야 한다는 말이었다.

"그러니 녹림채주를 만나야지."

"채주를 만난다고 달라지는 건 없을 겁니다."

단호한 미홍의 말에 무연이 고개를 저으며 악록산을 향해 걷기 시작했다.

"아니. 달라져야 할거야."

* * *

악록산에 위치한 녹림채는 오늘도 평온했다.

"제, 제발 목숨만 살려주십시오. 가, 가진 것은 모두 드리겠습니다!"

"어차피 가져갈 거야. 그런데 네 목숨 값 치고는 가진게 없군."

상인의 보따리를 털면서 녹림채 산적들이 인상을 찡그렸다. 값비싼 비단옷을 걸치고 있기에 꽤 많은 재화를 가지고 있을 줄 알고 기대를 했건만, 정작 가진 것은 여벌의 옷과 은자 몇 개밖에 없었다.

물론, 은자도 꽤 큰돈이기는 했으나 녹림채 같은 거대 산적채에게는 간에 기별도 안 차는 양이었다.

"뭐 더 가진건 없냐?"

"이, 이게 전부입니다."

"그럼 뭐, 죽어야지."

푸확―!

거침없는 산적의 손길에 상인의 목에서 피 분수가 일었다. 사방에 피를 흩뿌리며 쓰러진 상인 덕분에 입고 있던 옷이 피범벅이 된 산적이 인상을 찡그리며 자리에서 일어섰다.

"에잇. 제기랄! 깔끔하게 목을 잘라내야지! 어설프게 베니까 이 모양이 되는거 아니야!?"

"뭐!? 이 새끼가!"

녹림채 안에서 자기들끼리의 무기 사용은 엄격히 금지되어 있었기에 두 산적이 주먹다짐을 벌이기 시작했다.

얼굴이 뭉개지고 코가 깨져 피가 흐르기도 했다. 그러나

주변에서 이를 지켜보던 다른 산적들은 익숙한 일인 듯 각자 편을 나누어 싸움을 응원하는 모습이었다.

"하하! 저놈 코가 깨졌군. 당분간 매부리로 살아야겠어. 하하!"

웃으며 두 산적의 주먹다짐을 구경하던 사내가 저 멀리 자신들을 향해 걸어오는 세명의 신형을 발견하고 눈매를 좁혔다.

"뭐야, 저 잡것들은?"

자신들을 향해 다가오고 있는 이는 큰 키에 검은 무복을 입은 굵은 인상의 남자와 거지인 듯 꾀죄죄한 모습의 사내인지 여인인지 분간이 안 되는 자, 두개의 활을 각각 허리와 등에 멘 사내였다.

"뭔데?"

"몰라. 저놈들 여기가 어딘지 모르는 건가? 어휴!"

귀찮다는 듯 자리에서 일어난 산적이 멀리서 자신들을 향해 다가오는 세명의 신형을 두고 외쳤다.

"어이, 거기! 잠깐 멈추지 그래? 후회하기 싫으면."

그의 외침이 통했는지 세명의 신형이 제자리에 우뚝 멈춰 섰다. 그들이 멈추자 산적이 뒷짐을 지고 그들을 향해 다가갔다.

"여기서부턴 녹림채의 영역이다. 본래라면 가진것 제자리에 두고 썩 꺼지라고 말했겠지만 지금은 이 몸이 노곤하기도 하고, 가진 것도 없어 뵈니, 기회를 줄 때 썩 꺼지거라."

인심을 썼다는 듯 가볍게 손짓하는 산적을 보며, 검은 무복의 사내가 그에게 천천히 다가가기 시작했다.

녹림채라고 말을 했건만 제 말을 무시하고 다가오는 검은 무복 사내의 행동에 산적이 화난 얼굴로 외쳤다.

"이놈이! 기회를 줄 때 썩 꺼졌어야지!"

성의를 무시한 듯한 사내의 행동에 화가 난 산적이 허리에 두르고 있던 박도를 꺼내며 사내에게 다가갔다.

당장에라도 목을 쳐낼 요량으로 당당하게 걸어가고 있던 산적은 사내와 가까워질수록 뭔가 일이 잘못 돌아가고 있음을 느끼기 시작했다.

그는 녹림채의 산적으로 살아오면서 몇 가지 능력이 생겼다. 그것은 여러 상인들과 행인들을 털어오면서 생긴 능력으로 상대의 눈을 보면 상대가 거짓을 말하는지 진실을 말하는지 등의 간단한 생각을 읽는 능력이었다.

그런데, 자신을 향해 다가오는 사내의 눈에는 아무 감정도 느껴지지 않았다. 마치 깊은 심연을 두눈에 박아 넣은 듯한 사내의 두 눈동자에 산적은 자신도 모르게 몸을 부르르 떨었다.

"다, 다가오지 마라. 안 그럼 네놈의 목을 베어버릴 테니까!"

"녹림채주는 어디 있지?"

"뭐?"

다짜고짜 다가와 녹림채의 주인이자 두목인 녹림채주를

찾는 사내의 모습에 산적이 인상을 찡그렸다.

"채주가 어디 있든 네가 무슨 상관이지?"

"여기 있나?"

여전히 자신의 말은 들은 척도 하지 않는 사내의 행동에 산적이 격분하며 박도를 치켜들었다.

"죽기 싫으면 내 말에 대답⋯⋯."

푹―!

지이이잉―!

힘의 반동을 이기지 못하고 나무에 박힌 채 몸을 부르르 떨고 있는 박도의 도신. 산적은 벌어진 입을 다물지 못하고 서 있었다.

사내를 향해 박도를 치켜드는 순간, 사내의 오른손이 순간적으로 흐릿해졌다. 그리고 다음 순간, 손에 들려 있던 박도의 도신이 바로 옆에 있는 나무에 박힌 것이다.

무슨 상황이 벌어진 것인지 알지 못하여 멍하니 서 있던 산적이 자신이 들고 있던 박도를 바라봤다. 손잡이만 남은 박도가 처연한 모습으로 손에 들려 있었다.

"채주가 여기 있나?"

"있⋯습니다."

한치의 망설임도 없이 산적이 고개를 끄덕였다. 오랜 산적 생활을 통해 생긴 또 하나의 능력은 강자를 알아보는 능력이었는데, 방금 전의 상황을 두고 자신이 상대할 만한 수준의 상대가 아니라는 것을 바로 깨달았다.

"부, 불러오겠습니다."

"아니. 내가 직접 가지."

산적을 지나쳐 녹림채의 본거지를 향해 걸어가기 시작했
다. 사내의 뒤로 꾀죄죄한 몰골의 사람과 사냥꾼으로 보이
는 사내가 함께였다. 도신을 잃은 처량한 박도의 손잡이를
든 산적은 감히 그들을 막을 수가 없었다.

* * *

한편, 녹림채주 맹덕은 무료한 하루를 버티기 위해 손에
든 한손 크기의 도끼를 앞으로 내던졌다.

퍽!

"히이익!"

그곳에는 한 사내와 여인이 무릎을 꿇은 채 앉아 있었다.
맹덕의 손에서 던져진 도끼는 사내의 두 무릎 사이에 정확
히 내리꽂혔다. 만약 맹덕이 힘을 좀 더 가했다면, 사내는
더 이상 정상적인 밤 생활을 하지 못했을 것이다.

"하아아… 무료하군."

휘익—!

다시 한번 맹덕의 손에서 도끼 하나가 던져졌다.

일직선으로 빠르게 날아간 도끼는 이번엔 여인의 무릎사
이에 꽂혔다. 이를 두눈 부릅뜨고 지켜보던 여인은 거품을
문 채 벽에 기대어 쓰러졌다.

"향단!"

여인이 쓰러지자 사내가 울부짖었다.

콱—!

"으악!"

사내의 울부짖음을 들은 맹덕이 인상을 찡그리며 도끼를 던졌다. 그 도끼는 정확히 사내의 머리를 종이 한장 차이로 스쳐지나가 벽에 꽂혔다. 하마터면 두개골에 도끼를 꽂을 뻔한 사내가 울먹거리며 녹림채주를 바라봤다.

"어찌… 어찌 이러십니까, 채주님!"

"그걸 네가 모르기 때문에 지금 그러고 있는 게다."

"그… 그건……."

사내는 맹덕이 자신과 향단에게 왜 이러는지 모르지 않았다. 아니. 잘 알고 있었다. 향단은 기루의 기녀였다. 무료함을 달래려 기루에 놀러갔던 맹덕이 목소리가 마음에 든다는 이유로 납치해온 기녀가 바로 향단이었다.

녹림채로 잡혀온 향단은 당시 산적이었던 사내와 만나게 되었고, 호시탐탐 향단을 노리는 산적들 사이에서 사내는 향단을 지켜주었다.

물론, 맹덕의 여자라는 이유만으로 산적들은 그녀에게 함부로 대하지 않았다. 하지만 여인이 없는 산적채에서 향단이란 어여쁜 여인은 매혹적이기 그지없는 금단의 과실과 다름이 없었다.

그러니 술을 잔뜩 마시고 향단을 노리는 이들도 있었고,

아닌 밤중에 향단을 노리는 이들도 있었다. 그러나 그럴 때마다 사내는 채주의 여자라는 이유로 향단을 지켜주었다. 거친 사내들로 가득한 산적채에서 자신을 지켜주는 사내를 향해 향단의 마음이 동하지 않을 리 없었다.

결국 둘은 은밀한 사고를 치고 말았다. 그런데 그 사고라는 것이 하필이면 맹덕의 귀에 들어갔다. 그리하여 둘은 채주의 앞에 무릎 꿇고 앉아 도끼 세례를 받기 시작한 것이다.

"그래, 좋다. 산적이란 무릇 남의 것을 빼앗아 취하는 자들이지. 우린 산적들이니 네가 내 여인을 빼앗은 걸 나쁘게 생각하지 않는다."

"채, 채주님……."

"허나 산적이란 도적질을 할 때, 모든 책임을 질 힘이 있어야 하는 법. 향단을 취했으면 그에 마땅한 힘을 가지고 있어야지."

맹덕의 말에 사내가 몸을 부르르 떨었다.

녹림채주 맹덕.

그의 수준은 초절정이라 알려져 있었다. 무림인으로 구성된 표국을 털 때는 홀로 무림인 열명을 상대했을 정도였다. 사내가 맹덕을 홀로 상대한다는 것은 그야말로 어불성설이었다.

"자. 이번엔 네 머리다. 막아보아라."

등 뒤에 있던 도끼를 하나 꺼내어 손에 쥔 맹덕이 사내의 머리를 향해 도끼를 던질 준비를 했다. 사색이 된 사내가

눈을 질끈 감으며 혼절한 향단의 손을 쥐었다.

"후회는 없소."

산적으로 태어나 평생 도적질을 하며 살아온 사내가 처음 해본 사랑이었다. 아직 젊은 나이에 명을 달리하는 것은 아쉬웠지만, 후회는 없었다.

"지랄하네."

사내의 중얼거림을 들은 맹덕이 코웃음을 치며 도끼를 던지려고 손아귀에 힘을 주었다. 그때, 문이 벌컥 열리고 또 다른 산적이 허겁지겁 들어오며 외쳤다.

"채, 채주님!"

사내의 머리통을 향해 도끼를 던지려던 맹덕은 허겁지겁 들어온 산적 탓에 도끼를 던지지 못했다. 그는 얼굴을 험악하게 찡그리며 자신을 방해한 산적을 바라봤다.

"뭐냐. 시답잖은 일이라면 네놈이 저놈 대신 머리에 도끼를 박아 넣어야 할 것이다."

"지, 지금 어떤 놈이 채주님을 만나러 왔다며……."

"뭐? 대문파의 장문인이라도 된단 말이냐?"

"그건 아닌 것 같지만……."

쾅─!

오른발을 바닥에 강하게 내려찍은 맹덕이 거칠게 외쳤다.

"그런 것도 아닌데! 감히 나를 방해한 것이냐!?"

"그, 그놈이! 녹림채의 산적들을… 박살내고 있습니다!"

산적의 다급한 외침에 맹덕이 얼굴을 굳혔다. 비록 자신만큼은 되지 않더라도, 녹림채의 산적들은 대문파의 무인들에게 뒤지지 않을 정도의 수준은 된다고 생각했다. 그런데 사내 한명에게 박살이 나고 있다는 것이다.

그것도 그들의 집이라 할 수 있는 산채에서 말이다.

"부채주는?"

"맹호님이 현재 그 사내를 대적하고는 있지만… 쉽지 않아 보입니다."

"쓸모없는 놈!"

맹호는 맹덕의 외아들이었는데, 자신을 닮은 건지 무공에 대한 자질이 뛰어나 어린 나이임에도 부채주의 자리에 오른 사내였다.

맹호가 고전하고 있다는 말에 맹덕이 일어섰다.

이러니저러니 해도 자신은 녹림채의 채주였다.

"그래. 어떤 놈인지는 모르겠으나, 나를 만나길 원한다면 그리 해줘야지."

자리에 일어선 맹덕의 몸에서 어마어마한 기세가 피어올랐다. 그의 앞에 선 산적이 고개를 깊게 숙였다.

가만히 있음에도 온몸이 부르르 떨렸으니, 맹덕의 기세와 힘이 얼마나 강한지 알 수 있었다.

* * *

"크윽!"

뒤로 주르륵 밀려난 맹호가 입술을 깨물었다. 그가 들고 있는 도끼는 이미 날이 다 상해 있었다. 그 도끼는 한식경 전만해도 쇠도 자를 만큼 날이 서 있던 도끼였다. 하지만 갑자기 들이닥친 사내의 손길에 만신창이가 되어버린 것이다.

"왜… 왜 채주님을 뵈려는 거냐?"

맹호의 물음에 사내가 무심한 표정으로 주변을 둘러보았다. 이 정도 난리를 피우면 녹림채주가 모습을 드러낼 줄 알았는데, 아직까지 모습이 보이지 않았기 때문이다.

사내가 자신에게서 고개를 돌리는 순간, 맹호의 몸이 한 마리의 비호처럼 사내에게 날아들었다. 그의 손에 들린 도끼에서 붉은 바람이 피어올랐다.

'뒈져라!'

녹림채주의 무공인 혈선마부(血渲痲斧)의 혈선풍(血渲風)이 맹호의 도끼에서 발현된 것이다.

붉은 피바람을 연상케 하는 맹호의 혈선풍이 사내를 두 동강 내려 빠르게 내리 찍혀왔다.

"왔군."

쿵!

사내의 손에 목이 잡힌 맹호의 신형이 땅바닥에 내리꽂혔다. 땅이 쩌억 갈라지고, 맹호의 입에선 붉은 선혈이 뿜어져 나왔다. 어찌나 강렬하게 땅바닥에 부딪쳤는지 몸을 부들부들 떨던 맹호가 피거품을 문 채 혼절했다.

그리고 악록산을 뒤덮는 거대한 기운이 사내의 앞에 나

타났다.

"네놈은 누구냐? 나를 보고 싶다 했다던데."

피를 흘리며 쓰러져 있는 맹호를 발견한 맹덕이 살기 어린 눈으로 사내를 바라보며 물었다. 사내가 몸에 묻은 흙먼지를 툭툭 털어내며 무미건조한 목소리로 대답했다.

"나에 대해 알건 없다. 녹림채에 볼일이 있는 것은 이쪽이니까."

사내가 신형을 돌리자 활을 가진 사내가 머뭇거리더니 이내 결심을 한 듯 당당히 맹덕의 앞에 나섰다.

"나는 이목림이오. 십년 전, 내 가족에게 녹림채가 저질렀던 만행에 대한 복수를 하러 왔소."

"만행?"

"그렇소. 십년 전, 녹림채의 일부 산적들이 내 가족들이 있는 집에 불을 지르고, 누이를 납치해갔소. 덕분에 내 어머니와 아버지는 불에 타 죽었고, 누이는 가슴에 도끼를 박은 채 죽었소."

흥분했는지 사내의 눈이 붉게 충혈되었다. 그러나 사내의 울분을 들은 맹덕은 도리어 한쪽 귀를 쑤시며 말했다.

"그게 뭐 어쨌다는 거지?"

"뭐……?"

예상치 못한 맹덕의 행동에 이목림이 허탈한 표정으로 맹덕을 바라봤다. 최소한 언짢아하는 반응이라도 보일 줄 알았는데, 귀찮다는 듯한 맹덕의 반응이 허탈했다.

이목림이 빠르게 단궁에 화살을 먹이며 시위를 당겼다. 재빠르게 날아든 화살은 정확히 맹덕의 미간을 노리고 있었는데, 그가 같잖다는 듯 웃으며 허공에서 화살을 잡아챘다.

우드득—!

화살을 박살낸 맹덕이 웃으며 말했다.

"하하! 이따위 것을 믿고 감히 녹림채에 온 것이냐?"

맹덕의 비릿한 웃음에 이목림이 몸을 부르르 떨었다.

분노했지만 힘이 부족했다. 제아무리 화살을 쏘아봤자 단 한대의 화살도 맹덕을 어쩌지 못할 것이란 사실을 깨달았다. 그때, 검은 무복의 사내가 앞으로 나섰다.

"그 당시에 이목림의 가족들을 죽이고 누이를 납치해간 녹림채의 산적들이 있을 거다. 그들은 어디 있지?"

"내가 네게 그걸 알려줘야 하는 이유가 있나?"

"후왕부."

무연의 말에 맹덕이 얼굴을 굳혔다. 안 그래도 녹림채의 신물이라는 후왕부를 도둑맞아 기분이 상당히 상해 있었고, 자존심에도 금이 간 상태였다. 그런 와중에 사내의 입에서 후왕부가 흘러나온 것이다.

"그들과 여기 있는 이목림의 오랜 원한을 매듭지었으면 한다. 결과가 어떻든 후왕부는 네게 돌려주지."

"뭐? 하하하!"

광오하게 웃는 맹덕의 기운이 더욱 거세게 폭사되며 이목림과 사내를 압박하기 시작했다. 이목림은 거대한 기운

탓에 제대로 숨을 쉬지 못한 채 헐떡이기 시작했다. 그런 이목림의 옆으로 사내가 다가갔다.

"무… 대협?"

무연이 사내의 옆으로 오자 놀랍게도 맹덕의 기운이 더 이상 이목림을 압박하지 못했다.

"아무래도 네놈들이 후왕부를 도둑질한 흉수렸다? 감히 녹림의 것을 훔치고 거래를 하려 하다니 어리석구나. 이곳이 어디인지 잊은 게냐? 이곳은 대 녹림채다! 우리는 빼앗는 자들이다. 돌려받는 자들이 아니란 말이지."

맹덕의 살벌한 말에 무연이 고개를 끄덕이며 앞으로 나섰다. 그리고 무연의 발길이 닿은 땅이 움푹 꺼지며, 거대한 기운이 악록산의 녹림채를 뒤덮기 시작했다.

"허, 허억!"

무공 수준이 낮은 녹림채의 산적들이 주저앉으며 숨을 헐떡이기 시작했다. 맹덕 역시 자신의 기운을 압도하며 폭사되어 오는 기운에 얼굴을 굳혔다.

"선택해라, 녹림의 채주. 나를 상대할 것인지, 나의 제안에 응할 것인지. 한 가지는 확실하게 말해주지. 나를 상대하겠다면……."

아무런 감정도 느껴지지 않는 무연의 두 눈동자가 맹덕을 응시했다.

"오늘밤 녹림채를 지워주지."

원한과 복수

"십년 전, 사냥꾼의 가족을 몰살하고 그 집 딸래미를 납치한 녀석이 여기 있나?"

맹덕의 물음에 산적들이 서로를 바라봤다. 워낙 비슷한 짓을 많이 저질러온 터라 십년 전에 벌어진 일들을 기억하고 있을 리가 없었다.

서로의 눈치만 보고 아무도 나서지 않자 맹덕이 인상을 찡그렸다. 만약, 아무도 나서지 않는다면 무연과 녹림채가 싸워야 할지도 몰랐다.

맹덕이 눈매를 좁히며 무연을 바라봤다.

'수준이 가늠되지 않는다…….'

어중이떠중이는 아니라고 생각했지만, 자신을 압도하는 기운을 가진 것으로도 모자라 수준 자체가 가늠이 되지 않았다. 수준이 가늠되지 않는다는 것은 그럴 만한 수준이 되지도 않거나, 수준을 가늠하지 못할 만큼의 강자라는 뜻이었다.

전자는 확실히 아니었으니 남은건 후자였다. 초절정에 이르고, 웬만한 문파의 장문인과도 대등하게 싸울 수 있을 거라 생각한 자신이 수준조차 가늠을 할 수 없는 자라니. 게다가 오늘밤 녹림채를 지워주겠다는 말은 전혀 거짓이 아니었다.

물론, 사내 한명에게 녹림채가 괴멸할거라 생각하진 않았지만 피해는 막심할 것이다. 게다가 무림맹에서 호시탐탐 녹림채를 노리고 있으니 몸을 사려야 했다.

맹덕이 초조하게 산적들을 돌아보고 있을 때 산적 중 하나가 앞으로 나섰다.

"아무래도 나인 것 같은데."

그는 얼굴에 가느다랗고 길게 뻗은 세줄의 상처를 가진 이였다.

"십년 전에 한 계집애를 납치하다가 상처가 생겼지. 그래서 홧김에 가슴에 도끼를 박아 넣었는데, 그게 네 누이냐?"

아무렇지도 않게 과거의 참혹한 사건을 말하는 산적을 향해 이목림이 두눈을 부릅떴다. 당장에라도 화살을 쏘아 죽이려는 이목림의 어깨에 무연이 손을 얹어 그를 진정시켰다.

"그래서, 뭐 어쩌자는 거요?"

산적의 물음에 무연이 이목림을 향해 눈짓하며 말했다.

"그 사건과 연루된 자들이 너 말고도 더 있을 텐데?"

무연의 말이 끝나자 앞에 나선 산적 외에도 다섯명의 산적들이 앞으로 나섰다. 그들은 모두 상처 입은 산적과 같이 이목림의 가족들을 불태워 죽이고 누이를 납치한데 일조한 산적들이었다. 이목림의 가족을 살해한 여섯명의 산적들이 모두 나타나자, 맹덕이 무연을 향해 물었다.

"그래. 네 뜻대로 모두 모였다. 이제 어쩔 생각이냐?"

"이 여섯명과 이목림이 싸워 이기는 쪽이 승자가 된다."

"흐음?"

산적들은 총 여섯명. 그들의 수준은 일류 무인 정도는 되었다. 단순한 사냥꾼인 이목림이 이길 가능성은 전무했다. 그럼에도 무연은 무심히 그들과 이목림의 싸움을 제안했다. 이는 이목림도 예상하지 못했는지 당황스러운 표정으로 무연을 바라봤다.

"그, 그런?"

이목림이 눈에 띄게 당황하자 무연이 이목림을 한번 슥 보더니 다시 맹덕을 향해 고개를 돌리며 말했다.

"대신, 장소는 악록산 전체. 이목림이 먼저 자리를 잡으면 여섯명이 이목림을 잡으러 가는 거지."

"하하! 그러니 네 말은 악록산을 무대로 서로를 사냥하라 이건가?"

맹덕이 웃으며 묻자 무연이 고개를 끄덕였다. 먼저 이목림이 악록산에 자리를 잡고 기다리면, 나머지 녹림채의 산적들이 이목림을 잡으러 가는 것이다.

맹덕의 말처럼 서로를 사냥하는 방식이었는데, 무연이 이목림을 향해 고개를 돌리며 말했다.

"넌 사냥꾼이다. 네 활과 화살은 전혀 약하지 않다."

"하지만, 단 한번도 여섯명을 상대로 싸워본 적은 없습니다."

"무인이라 생각치 마라. 네 사냥감이라 생각해. 사냥감을 사냥하는 것은 이곳에서 네가 제일이다."

머뭇거리던 이목림이 고개를 끄덕였다. 어차피 언젠간 했어야 하는 복수다. 무연이 판을 깔아주었고, 이목림은 사냥을 해야 했다. 단궁을 손에 쥔 이목림이 빠르게 악록산의 숲으로 뛰어 들어갔다.

"너는 저자가 녹림채의 여섯 산적을 이길 수 있을 거라고 생각하나?"

맹덕의 비웃음에 무연은 망설임 없이 고개를 끄덕였다.

그의 당당한 모습에 맹덕이 광오하게 웃으며 말했다.

"그래. 누가 사냥당하는지는 두고 보면 알겠지!"

무심한 눈으로 서 있는 무연의 옆으로 미홍이 다가왔다. 그녀는 무연의 옆에 바짝 붙으며 걱정스러운 눈으로 올려

다보며 말했다.

"괜찮겠습니까? 상대는 녹림입니다."

"내가 마주한 이목림의 화살이 진짜라면."

의미를 알 수 없는 무연의 말에 미홍이 짧은 한숨을 내쉬며 이목림이 사라진 숲을 바라봤다.

약 반시진의 시간이 지나자 녹림의 여섯 산적이 일어섰다. 그들은 귀찮은 일을 눈앞에 둔 사람처럼 하품을 하며 지루한 얼굴로 맹덕을 향해 외쳤다.

"다녀오겠습니다. 채주님."

"그래. 어서 갔다 와라. 이 뭣 같은 상황을 빨리 끝내게."

"예."

여섯 명의 녹림채 산적들이 숲으로 들어갔다.

한편, 반 시진 전 숲으로 들어온 이목림이 장궁을 손에 쥐고 가장 높은 곳으로 올라가기 시작했다.

일반적으로 시야 확보가 유리한 고지를 점령해야만 여섯 산적을 상대하기 용이했다.

그는 재빨리 두 개의 화살통에 들어 있는 화살의 숫자를 셌다.

"장궁용 화살이 이십 개, 단궁용 화살이 이십 개."

총 사십 개의 화살이 화살통에 들어 있었다. 범이나 곰 같은 맹수들을 상대로도 충분한 양의 화살이었지만, 상대는 무공을 배운 무인들이었다. 비록 산적들이었지만 내공을 운용할 줄 알고, 범인들과는 차원이 다른 반응 속도와 신체 능력을 지닌 자들이었다.

"후우……."

오로지 화살로만 산적들을 상대할 수는 없었기에 곳곳에 야생 동물용 함정을 설치한 이목림이 빠르게 몸을 수풀에 숨기며 활시위에 화살을 먹였다.

"와라……."

그리고 반시진이 지난 후 녹림채의 산적들이 모습을 드러냈다. 그들은 드넓은 악록산에서 이목림을 찾아야 했기에 각자 흩어졌다.

그중 한명은 박도를 손에 쥔 채 귀찮다는 듯 주변을 둘러보기 시작했다. 그들이 저지른 악행이 한둘이던가. 상인을 털어 속곳만 남기고 보내준 적도 있었고, 상단을 털어 표사들과 상인들을 모두 죽이기도 했다. 어여쁜 계집이 있으면 납치하여 겁탈하기도 했고, 죄 없는 자들의 집을 털기도 했다.

평생을 그리 살아왔으니 이제 와 과거의 죄를 들춰낸다고 죄책감을 느낄까? 전혀 그렇지 않았다. 그들에겐 당연한 삶이었기 때문이다.

"귀찮은 새끼. 애미, 애비 뒤진게 뭐 대수라고 십년이나 지난 지금 찾아와서 지랄이야, 지랄은……."

콱!

박도를 어깨에 걸치고 걸어가던 사내는 두 다리를 휘어

196

잡는 덫을 보며 인상을 찡그렸다.

"뭐야? 제기랄. 웬 덫……."

덫에 걸리는 순간 덫에 연결된 끈에서 딸랑거리는 소리가 들려왔다. 놀란 산적이 고개를 돌리자 끈에 걸린 조그마한 종이 흔들리며 작은 소음을 내고 있었다.

"웬 종이야?"

동물이 된 것처럼 덫에 걸린 것도 기분 나쁜데, 작은 종이 자신을 비웃듯 딸랑거리자 기분이 팍 상한 산적이었다. 그가 박도를 휘둘러 종이 달린 끈을 잘라내던 때였다.

쉬이이익―!

퍽―!

"컥!"

가슴에 박힌 화살을 보며 산적이 인상을 찌푸렸다.

소용돌이 모양의 화살촉은 가슴에 박힌 것으로도 모자라서 작은 구멍을 만들어냈다. 그 사이로 울컥거리며 피가 뿜어져 나오기 시작했다.

그때, 산적은 떠올렸다.

'이, 이놈 사냥꾼…….'

이목림이 사냥꾼이었다는 것을 그제야 상기한 산적이 무릎을 꿇으며 피를 토해냈다. 이목림은 사냥꾼이었다. 덫을 설치하고 사냥감이 걸리길 기다렸다가 화살을 쏘아 한 번에 사냥감의 목숨을 취하는.

부스럭―!

수풀을 헤집는 소리가 들려왔고, 흐릿해지는 시야를 간신히 부여잡은 산적이 고개를 돌렸다. 그곳에는 온몸에 풀잎이 달린 가지를 뒤덮고 있는 이목림이 있었다.

그는 무심한 눈으로 품에서 단도 하나를 꺼내며 산적에게 다가갔다.

"끄으윽. 네, 네놈이……!"

"지옥에 가서 네놈이 죽인 자들에게 고개 숙여 속죄하여라."

서걱―!

산적의 목에 날이 선 단도가 스쳐지나갔고, 산적의 목에선 피가 끊임없이 흘러나왔다.

"후우!"

한명의 산적을 죽인 이목림이 수풀 사이로 사라졌다.

일련의 소음을 들은 나머지 산적이 다급히 덫에 걸린 산적을 찾아왔다. 하지만 그는 이미 목숨을 잃고 피를 흘리며 쓰러져 있었다.

"젠장! 덫에 걸렸군. 멍청한 놈. 나머지도 덫에 걸리지 않도록 조심해. 그놈은 사냥꾼이다. 덫과 산에 대한 지식이 풍부해. 게다가 화살을 쏘는 놈이다."

얼굴에 상처를 가진 산적이 다른 산적들에게 손짓하며 말하자 나머지 산적들이 고개를 끄덕였다.

그들 역시 산에 대한 지식이 풍부했지만, 사냥을 전문적으로 하는 사냥꾼들에 비할 바는 아니었다.

이목림이 만만한 자가 아니라는 걸 깨달은 산적들이 조심히 주변을 탐색하기 시작했다.

게다가 이인일조로 두조가 움직이기 시작했고, 상처를 가진 산적만 홀로 주변을 탐색했다.

"네놈은 제일 마지막이다."

멀리서 상처를 가진 산적을 살기 린 눈으로 바라보던 이목림이 재빨리 몸을 움직였다. 산적들이 신중해지기 시작했으니, 이목림은 더욱 신중해져야 했다.

"개 같은 놈. 채주는 왜 이따위 제안을 받아들인 거야?"

"너 그 검은 옷 못 봤냐? 채주마저 그놈에게 압도당한 것을?"

"하긴, 그놈은 대체 정체가 뭐길래 천하의 맹덕이……."

딸랑—!

"젠장!"

주변을 신중하게 둘러보던 산적 둘은 발끝을 스치는 가벼운 느낌에 인상을 찡그리며 박도와 도끼를 치켜들었다. 아주 미세한 실에 종이 달려 있었던 것이다.

쉬익—!

퍽—!

"끄윽!"

짧은 파공성이 울리는 순간, 짧은 길이의 화살이 실에 발끝이 닿은 산적의 오른쪽 종아리에 꽂혔다.

쉬익— 쉬익—!

두번의 파공성이 더 들려왔고, 왼쪽에 있던 산적이 박도를 재빨리 휘둘렀다. 다행히 한대의 화살을 쳐내는 것에는 성공했지만, 다른 한대는 놓치고 말았다. 그리고 그 대가는 결코 적지 않았다.

"끄윽!"

허벅지에 꽂힌 소용돌이 모양의 화살촉을 보며 산적이 인상을 찡그렸다. 화살촉의 모양이 기괴하게 생겨 뽑아낼 수가 없었기에 지체 없이 화살대를 박도로 잘라냈다.

"뭐야. 무슨 일이야!?"

멀리서 이를 지켜보던 상처를 가진 산적이 다급히 다가왔다. 이에 종아리에 화살이 박힌 산적이 다급히 손을 들며 말했다.

"오지마! 여기에 덫이 설치되어 있⋯⋯!"

퍽—!

이번엔 파공성조차 들리지 않았다.

소리 없이 날아든 기다랗고 거대한 화살이 종아리에 화살이 박힌 산적의 머리를 뚫고 지나갔다.

박힌 것도 아니고 머리를 뚫고 지나간 화살이 나무에 박혀 부르르 떨자, 상처 입은 산적이 두눈을 크게 떴다. 그리고는 화살이 날아든 방향으로 고개를 돌렸다.

"이 개자식이! 감히!"

산적이 몸을 날리며 박도를 휘둘렀다. 내력을 머금은 도기가 수풀을 마구잡이로 뒤엎었다.

꽈앙—!

쾅!

거친 도기가 수풀을 잘라내고 바닥을 터트렸는데, 그곳
엔 이미 아무도 없었다. 화살을 쏘아낸 이목림이 이미 소
리 없이 몸을 숨겼기 때문이다.

"하! 이 개 같은 자식이. 감히 녹림의 산적을 상대로 사냥
을 해!?"

얼굴에 상처를 길게 남긴 산적이 주변을 둘러보며 큰소
리로 외쳤지만, 주변에선 아무런 인기척도 들려오지 않았
다.

"제길!"

"크윽!"

왼 복부를 부여잡은 이목림이 비틀거렸다.

산적의 도기를 온전히 피하지 못하고 복부를 베이고 만
것이다. 길게 찢어졌기에 상처를 꿰매야 했지만 그럴 시간
도, 그럴 여유도 없었다.

이목림은 허벅지에 화살을 꽂은 자가 멀리 도망갔거나
자신을 쫓을 수 없다고 판단했다. 그는 붕대를 꺼내 복부
에 몇 번 감은 뒤 시선을 돌렸다.

산 여기저기에 실끈과 종을 매달아놨고, 종소리가 들려
오는 곳에 바로 화살을 날릴 수 있었다.

딸랑—

또 종소리가 들려왔다.

이목림은 지체 없이 단궁을 꺼내 종소리가 난 곳으로 화살을 날렸다.

피융!

짧은 파공성을 남기고 날아든 화살. 그러나 전처럼 고통의 신음성은 들리지 않았다.

다만 어딘가에 박힌 듯 퍽— 소리 나는 타격음이 뒤이어 들려왔다.

"쳇!"

단궁을 챙긴 이목림이 몸을 움직였다. 화살을 날렸으니 방향을 보고 산적들이 자신의 위치를 알아차렸을 것이다.

빠르게 위치를 바꿔야 했다. 만약 시간이 좀 더 있었으면 덫을 더 설치하거나 세밀한 함정들을 설치할 수 있었을 텐데… 시간이 절대적으로 부족했다.

그때, 또 한번의 종소리가 귓가에 들려왔다.

딸랑—!

이목림은 지체 없이 화살을 날렸는데, 날아가던 화살이 갑자기 등장한 박도에 의해 반으로 두 동강나며 바닥에 떨어졌다.

"여기 있었군. 쥐새끼!"

얼굴에 상처를 새긴 산적의 등장에 이목림이 이를 악물었다. 도리어 산적들이 종소리를 이용한 것이다.

다른 산적들이 일부러 종을 울리고 이목림이 이에 반응

해 화살을 날리면, 화살이 날아든 방향을 보고 다른 산적이 위치를 찾는 식이었다. 그리고 화살이 날아든 방향에서 숨을 죽여 기다리고 있다가 다시 한번 종을 울려 정확한 위치를 찾아낸 것이다.

이목림은 당황하지 않고 빠르게 뒤로 물러서며 단궁에 두대의 화살을 먹이고 활시위를 당겼다.

피융!

핑!

활을 빠르게 꺾으며 쏘아 보낸 이목림의 화살 두대가 왼쪽과 오른쪽을 점하며 날아들었다. 산적이 인상을 구기고 박도를 휘두르며 물러섰다. 화살 두대가 각기 다른 방향으로 날아드는 것은 난생 처음이기 때문이다.

"이 자식이!"

두대의 화살을 쳐낸 산적이 빠르게 박도에 내력을 담아 휘둘렀다. 반원 모양의 도기가 이목림의 허벅지를 향해 날아들었다.

"흡!"

거세게 날아드는 도기를 보며 이목림이 단궁을 휘둘렀다.

파각—!

도기와 이목림의 단궁이 부딪쳤고, 도기를 이길 리 없는 이목림의 단궁이 두 동강나며 부러졌다.

하지만, 도기를 막아낼 수 있었던 이목림은 지체 없이 뒤에 있는 수풀로 몸을 날렸다. 재빨리 산적이 뒤를 쫓았지만 이목림의 신형은 이미 사라진 뒤였다.

"쥐새끼 같은 놈!"

이목림이 사라지자 애꿎은 수풀을 마구잡이로 헤집어놓은 산적이 인상을 있는 대로 찡그리며 주변을 둘러보았다. 비록 이목림을 놓치기는 했지만, 잡는 것은 시간문제이리라.

"개 같은 놈. 내 기필코 네놈의 가죽을 벗기고 살덩이는 개밥으로 주리라."

"하아… 하아!"

부르르 떨리는 왼손을 들어 보인 이목림이 오른손으로 왼손을 쥐었다. 도기를 막아내기는 했지만, 내력이 담긴 공격이었다. 내력이 터지며 생긴 충격파가 왼손을 강타했다. 뼈가 부러졌는지 왼손가락 세개가 붉게 변해 두텁게 부어오르기 시작했다.

"제… 제기랄."

이목림은 사냥꾼이었고 궁사였다. 왼손으로 궁을 쥐고 오른손으로 시위를 당겨야 했는데, 궁을 쥐어야 할 왼손의 손가락이 세개나 부러진 것이다. 왼손을 부여잡은 이목림이 나무에 기대어 풀썩 주저앉았다.

복부에선 피가 흐르고 있어 정신이 흐릿해지기 시작했는데, 왼손가락마저 부러진 것이다. 게다가 설치한 함정들

을 저들이 역으로 이용하고 있었으니, 함부로 화살을 날리지도 못했다. 절망적이기 그지없는 상황, 이목림이 허탈하게 미소를 지었다.

"하······."

고개를 들어보니 하늘은 주홍빛으로 변해가고 있었다. 해가 저물고 밤이 찾아오고 있는 것이다. 점점 어둑해지는 주변을 둘러보던 이목림이 오른손을 들어 눈 한쪽을 가리고 있던 안대를 벗었다.

"후우!"

긴 흉터로 감겨져 있던 한쪽 눈이 서서히 떠졌다. 등에 멘 장궁을 지지대 삼아 일어선 이목림이 단궁용 짧은 화살이 들어 있는 화살통을 벗어던진 뒤 악록산의 정상을 향해 오르기 시작했다.

"이 쥐새끼는 어디 간거야?"

종을 일부로 울려도 화살은 날아오지 않았고, 이목림의 모습도 보이지 않았다. 게다가 해는 점점 저물고 날이 어두워지고 있었다. 밤이 찾아온 산은 산적들에게도 위험했다.

"설마 날이 어두워지길 기다리는 건가?"

이목림이 밤이 찾아오길 기다리고 있다는 걸 눈치챈 산적들이 재빨리 주변을 둘러보기 시작했다.

그때였다.

"산적 놈들아! 이리 와 끝을 보자!"

이목림의 목소리가 악록산의 정상 부근에서 들려왔다.

그의 목소리에 네명의 산적들이 고개를 돌렸다.

"유인하는 거야."

산적 중 한명이 중얼거렸다. 나머지 산적들도 이를 모를 리 없었다.

하지만, 그렇다고 이목림을 가만둘 생각도 아니었다.

"어차피 화살은 직선으로 날아든다. 방패가 있으면 화살은 두렵지 않아."

얼굴에 상처를 가진 산적의 말에 나머지 산적들이 의아한 표정으로 물었다.

"방패? 그런게 있을 리가 없잖아."

"왜 없어?"

얼굴에 상처를 가진 산적의 말에 나머지 산적들이 여전히 모르겠다는 표정을 지어보였다. 그러자 상처를 가진 산적이 죽은 산적의 시체를 들었다.

"여기 있잖아."

"죽은 놈은 두명이야. 한개가 부족해."

남은 산적의 수는 네명. 하지만 한명은 허벅지에 화살을 맞아 오를 수 없었으니, 산에 오를 수 있는 산적은 세명이었다. 죽은 산적의 시체는 두구뿐이었다.

"여기 있잖아."

"뭐, 어디… 자, 잠깐!"

서걱!

얼굴에 상처를 가진 산적이 한치의 망설임도 없이 허벅지에 화살을 맞은 산적의 목을 베었다. 같은 녹림채의 산적이었지만, 그런 것은 상처를 가진 산적에겐 아무런 가치도 없었다.

"평소에도 마음에 안 들던 놈이었다."

같은 녹림채의 무인에게 목이 달아난 산적을 보며, 나머지 산적들이 중얼거렸다.

"그럼 가자."

각자 한구의 시체를 둘러멘 산적들이 악록산의 정상을 향해 오르기 시작했다.

* * *

이목림과 산적들이 악록산의 숲속으로 들어간지 한시진이 지났고, 주변은 점점 어둑해지고 있었다. 해가 저물고 밤이 찾아온 것이다. 아직까지 아무런 소식이 들려오지 않자 미홍이 걱정스러운 표정으로 무연을 향해 물었다.

"괜찮을까요?"

"글쎄."

"글쎄 라고 하시면 안 되죠. 당신이 이목림을 이곳으로 데려온 것 아닙니까?"

그게 무슨 소리냐는 듯 미홍이 살짝 흥분하여 물어왔다. 무연이 고개를 돌려 악록산의 산을 바라봤다. 들어간 여섯

명의 인기척 중 세명의 인기척이 사라졌다.

이목림으로 추정되는 기운은 산의 정상으로 올라갔다.

아마 세명을 죽인 이목림이 정상의 고지를 점하러 올라간 것이리라.

"이기고 지느냐는 이목림에게 달렸다. 나는 그가 이길 거라 생각하고."

"만약… 만약 이목림이 진다면, 어쩌실 생각이십니까?"

미홍의 물음에 무연이 녹림채를 둘러보았다. 녹림채 주인 맹덕은 자리에 앉아 어디선가 데려온 여인을 옆구리에 낀 채 술을 마시며 산적들을 기다리고 있었다.

"결과가 어떻든 녹림은 지워질 거다."

"그게 무슨…….."

이해할 수 없는 무연의 말에 미홍이 의아한 표정으로 무연을 올려보았다. 그리고 이내 뭔가 깨달은 듯 눈을 크게 뜨며 멍하니 입을 벌렸다.

'설마… 애초에 녹림채를 지워버릴 생각이었나?'

이목림과 산적들의 싸움은 이목림의 복수를 이루기 위해서였다. 무연은 제대로 된 복수를 위해 판을 깔아준 것이다. 그리고 무연은 애초에 녹림채를 지워버릴 생각이었다.

다른 자들이 이리 말했다면 허세를 부린다, 오만하다며 말렸을 것이다. 미홍은 마른침을 삼키며 말없이 녹림채를 바라봤다. 수백의 녹림채 산적들이 주변을 둘러싸고 있었

다. 또한 초절정에 달했다는 녹림채주 맹덕이 흉흉한 눈빛으로 무연을 바라보고 있었다.

"녹림채주는… 초절정의 무인입니다. 그리고 녹림의 산적들은 천여명 가까이 됩니다."

"알고 있어."

"호남분타 개방의 개방도를 모은다면 천여명은 넘을 것이고, 그중에서 쓸 만한 이를 추리면 오백은 될 겁니다."

조심스러운 미홍의 말에 무연이 고개를 낮춰 미홍을 바라봤다.

"반시진만 주신다면…….""

"괜찮아."

미홍은 여전히 걱정이 가득한 표정으로 무연을 올려다보았다.

"그리고… 이목림이 돌아오면 그를 데리고 악록산을 내려가."

"알겠…습니다."

고개를 끄덕이며 대답한 미홍이 무연을 바라봤다.

녹림채 전부를 상대할 생각인 이 겁 없는 사내의 모습에 두 주먹을 불끈 쥐었다.

"아래에서 돌아오시길 기다리겠습니다."

고개를 낮춰 미홍을 바라본 무연이 가볍게 미소지었다.

"그래."

묘비(墓碑)

푹—!

장궁의 끝을 바닥에 박아 넣은 이목림이 품에서 흑우(黑牛)의 힘줄을 꼬아 만든 시위를 꺼내들었다.

활대를 구부린 뒤 시위를 빼내고, 흑우의 힘줄로 만든 시위를 걸었다. 등 뒤에 메여 있던 화살통을 바닥에 내려놓고, 그 안에 들어 있는 18개의 장궁용 화살을 바닥에 꽂아넣었다.

"흐읍!"

보통의 시위보다 두세배는 질기고 단단한 흑우의 시위에 장궁용 화살을 먹인 이목림. 그는 자신이 서 있는 고지를

향해 빠르게 올라오는 산적들을 내려다보았다. 해가 져서
세상이 어둠에 잠겼지만 오랜 세월 밤낮을 가리지 않고 사
냥을 해온 그에겐 어둠도 방해가 되지 못했다.

우드드득—!

화살의 시위를 당겼다. 붕대를 감은 부러진 왼손가락에
서 엄청난 고통이 밀려왔지만 입술을 질끈 깨물며 버텼다.
육체의 고통이 머릿속을 아찔하게 만들었지만 복수를 위
해 기다려온 세월의 고통보다는 강하지 못했다.

"흡!"

일순간에 호흡을 정지한 이목림의 눈이 번뜩였고, 그의
장궁에서 기다란 화살이 쏘아져 나갔다.

피이이이이잉!!

"조심해! 언제 화살이 날아올지 몰……!"

퍼억—!

북 터지는 소리와 함께 죽은 산적의 시체를 어깨에 메고
방패막이 삼아 올라가던 산적 중 한명이 뒤로 퉁겨지듯 날
아갔다.

그의 가슴에는 거대하고 기다란 화살이 박혀 있었다. 쏘
아져 온 힘이나 속도가 어찌나 강하고 빨랐는지 방패로 삼
은 산적의 시체에는 성인 주먹 두개를 합한 것만큼 커다란
구멍이 나 있었다. 가슴에 화살이 박힌 산적은 그 힘을 이
기지 못한 채 산 밑으로 사라졌다.

"젠장! 빨리 움직여!"

시체로 급조해 만든 방패막이가 화살 앞에서 아무 소용도 없다는 것을 깨달은 두명의 산적. 그들은 급히 어깨에 지고 있던 시체를 바닥에 던져버린 후 빠르게 산을 오르기 시작했다. 그들은 이제 나무를 방패삼아 좌우로 몸을 움직이며 산을 오르기 시작했다.

피이이이이잉!

퍽!

거대하고 두텁게 자란 나무에 성인 남자 머리통만한 크기의 구멍이 생겨났다. 아연실색한 산적이 자리에 주저앉았다. 다행히 발을 헛딛는 바람에 주춤한 것이 목숨을 구해주었다.

"나… 난 못해!"

산적 중 한명이 산 아래로 도망치기 시작했다.

그의 모습에 얼굴에 상처를 가진 산적이 인상을 찌푸리며 욕지거리를 날리려 했다. 하지만 곧 뭔가를 깨달은 그가 숨을 죽인 채 기다렸다.

'저 사냥꾼 놈이 저 새끼가 그냥 도망치게 놔둘 리가 없다!'

얼굴에 상처를 가진 산적이 노리는 것은 바로 그것이다. 오랫동안 이 순간이 오기를 간절히 바라온 이목림이 산적을 살려 보낼 리가 없었다.

그러니 어떻게 해서든 도망치는 산적을 죽이려 할 테고, 상처를 가진 산적은 이 틈을 노리기로 했다.

'이 방적님이 한낮 사냥꾼의 손에 죽을 것 같으냐……!'

얼굴에 상처를 가진 산적. 그의 이름은 방적이었다.

십년 전, 한 사냥꾼의 집에 어여쁜 외모의 여식이 있다는 얘기를 듣고 그 여식을 취하려 집에 불을 냈다.

건조한 시기였기에 불은 순식간에 사냥꾼의 집을 집어삼키기 시작했고, 방적은 혼란을 틈타 여식을 납치했다.

하지만 문제는 사냥꾼 여식의 성격이 보통이 아니었다.

납치한 후 몸종으로 쓰다가 잡일 등 잔심부름을 시키려 했는데, 그 소녀가 방적의 손을 깨물고 발악하며 놓으라고 떼를 쓴 것이다.

몸종으로 쓰려 했기에 상처를 내지 않으려 했던 방적은 한순간의 방심으로 소녀의 손톱에 의해 얼굴에 상처를 남기게 되었다. 참다못한 방적이 허리춤에서 도끼를 꺼내 소녀의 가슴에 박아 넣었다.

욱하는 마음에 저지른 살인이었는데, 한번의 도끼질에 목숨을 잃은 소녀가 축 늘어지자 방적은 숲에 소녀를 버렸다. 시체를 안고 있으려니 기분이 더러웠기 때문이다.

"네놈의 가족들을 죽인 것처럼 네놈도 내 손에 죽게 될 것이다."

비록 이목림이 네명의 산적을 죽였지만 방적은 떨지 않았다. 산에 익숙한 사냥꾼과의 싸움은 이번이 처음이라 방심했을 뿐. 제대로 맞붙으면 자신이 질 리가 없다고 생각했다. 다만 그에게 필요한 것은 박도가 이목림에게 닿을

거리였다.

"자… 어서 저 겁쟁이 새끼를 죽이라고!"

방적이 눈을 빛내며 나무를 뚫고 나온 거대한 화살을 바라봤다. 거대한 화살을 쏘아 보낼 정도면 화살의 크기도 커야 할 테고, 쏘아 보내는데 시간도 많이 필요했다.

그러니 도망치는 산적을 죽이려 화살을 쏘고 난 후엔 이목림에게도 시간이 필요하리라. 그때, 바람을 찢는 듯한 기괴한 소리가 들려왔고 동시에 방적이 몸을 날렸다.

예상대로 도망치는 산적을 곱게 보내줄 리 없는 이목림의 화살이 저 멀리 산 밑까지 내려간 산적에게로 화살을 쏜 것이다. 그 화살은 정확히 도망치는 산적의 목을 꿰뚫었다.

거대한 화살에 목을 잃은 산적의 머리가 바닥을 뒹굴었지만, 방적은 개의치 않고 빠르게 산을 오르기 시작했다. 경신술을 이용하여 올랐기 때문에 그의 신형은 마치 한 마리의 맹수와 같았다. 그때, 이를 본 이목림이 빠르게 시위를 당겼다.

'어차피 저놈의 공격은 직선이다! 위치를 옮길 시간이 없었을 테니… 방향만 알고 있다면!'

박도를 쥔 손에 힘을 주며 내달리던 방적이 온몸의 내력을 끌어 모아 박도에 주입시켰다.

그러자 박도에 희미한 기운이 담기기 시작했다.

"이 사냥꾼 새끼!"

이목림의 바로 앞까지 내달려온 방적이 몸을 날렸다.

예상대로 이목림은 위치를 고수한 채 활시위를 당기고 있었는데, 활에는 두개의 화살이 걸려 있었다.

'두개!? 아니! 그래도 내가 더 빠르다!'

설마 거대한 화살을 두개씩이나 쏘아 보내려 할 줄은 몰랐던 방적은 적잖이 당황했다. 하지만 신형을 멈추지는 않았다. 두개를 당기는 만큼 자신이 조금 더 빠를 거라 생각한 것이다.

"뒈져."

팟!

이목림의 활에서 두개의 화살이 날아들었다. 시위를 당기는 속도가 갑자기 빨라진 것이다. 놀란 방적이 급히 박도를 기울이며 하나의 화살을 쳐냈지만, 화살에 담긴 힘이 엄청난 탓에 왼쪽으로 몸이 기울었다.

그 사이를 통해 거대한 화살이 방적의 심장을 향해 날아들었다.

"크아악!"

카앙—!

거대한 화살이 박도와 부딪치며 뒤로 튕겨나갔다.

빠르게 허리를 돌린 방적이 가슴을 향해 쏘아져 온 화살을 쳐낸 것이다.

하지만 그도 피해가 없지 않았는지 비틀거리기 시작했다. 이 틈을 놓치지 않고 이목림이 바닥에 박아 넣은 화살

하나를 뽑으며 방적에게 달려들었다.

"이 개자식!"

푸욱!

이목림에 손에 들린 화살이 방적의 어깨에 꽂혔다.

원래는 가슴에 꽂아 넣으려 했지만 정신을 차린 방적이 이목림의 오른손을 자신의 왼손으로 후려친 것이다. 그 바람에 화살은 가슴이 아닌 어깨에 꽂혔다.

"감히! 사냥꾼 따위가 이 방적님을 이길 수 있을 거라 생각한 거냐!"

방적이 오른손에 쥔 박도를 이목림을 향해 내리쳤다.

그의 박도가 살벌한 소리와 함께 다가오자 이목림이 눈을 질끈 감았다.

쉭—!

"큭!"

하지만 방적의 박도는 이목림의 목을 베지 못했다.

어느새 그의 박도는 손잡이만 남아 있었고, 도신은 바닥에 고꾸라진 것이다.

목이 온전히 붙어 있음을 깨달은 이목림은 질끈 감은 두 눈을 뜨며 방적을 바라봤다. 그는 당황한 얼굴로 자신의 박도를 바라보고 있었다. 그의 박도가 손잡이밖에 남지 않았다는 것을 확인한 이목림이 품에서 손도끼를 꺼냈다.

"흐아아!"

퍽—! 퍽! 퍽!

도끼가 방적의 가슴을 꿰뚫었다. 허나 성이 차지 않았는지 쓰러진 방적을 향해 수차례 도끼질을 했다.

"끄으윽……."

이목림의 목을 향해 빠르게 뻗어져 온 방적의 두팔이 힘을 잃고 축 늘어졌다.

어느새 살벌한 살기를 띠고 있던 방적의 눈은 생기를 잃었고, 부들거리던 신체는 떨림을 멈추고 축 쳐졌다.

"으아아악! 이 개 같은 새끼들! 나쁜 새끼들아!!"

방적이 죽었다는 것을 깨달은 이목림은 이미 생명을 다한 방적의 가슴에 수차례 도끼질을 하며 울부짖었다.

오랫동안 염원해온 복수를 드디어 이룬 것이다. 하지만 후련할 줄 알았던 가슴은 전혀 후련해지지 않았다.

그저, 투명한 눈물만 볼을 타고 내려와 메마른 대지를 적셨다.

"하아……."

한동안 죽은 방적을 내려다보던 이목림이 천천히 자리에 일어선 뒤, 품에서 바짝 날이 선 단도를 꺼냈다.

* * *

"이 새끼들은 왜 이렇게 오래 걸리는 거야!?"

술을 마시며 지루하게 산적들과 이목림 대결의 승자를 기다리던 맹덕이 이를 갈며 무연을 바라봤다.

여전히 무연은 팔짱을 낀 채 묵묵히 악록산 정상을 바라
보고 있었다. 그를 무심히 지켜보던 맹덕이 주변을 둘러보
았다. 해가 떨어지고 밤이 찾아오자 여기저기 흩어져 있던
산적들이 어느새 모두 모여 있었다.

　그 수만 해도 천여명이 넘었다.

　'제깟 놈이 아무리 강해봤자… 녹림채를 혼자 어쩌지는
못할 터.'

　맹덕은 무연이 마음에 들지 않았다. 도저히 가늠되지 않
는 힘이 마음에 들지 않았고, 단신으로 찾아와 일방적인
제안을 해오는 것도 마음에 들지 않았다.

　평생을 누구의 것을 빼앗아오며 살았다.

　항상 누군가의 위에 군림하는 자였고 명령하는 자였다.

　그래서일까. 자신이 어쩌지 못하는 무연은 그 존재만으
로도 맹덕의 심기를 건드렸다.

　"끝났군."

　"네?"

　무연의 중얼거림에 옆에서 초조하게 이목림을 기다리던
미홍이 의아한 얼굴로 무연을 향해 묻자 무연이 손가락을
들어 보였다.

　미홍의 시선이 무연의 손가락이 향한 곳으로 움직였다.

　"아!"

　시선이 닿은 곳에서 이목림이 힘겹게 비틀거리며 수풀을
헤집고 나타났다. 그는 손에 여섯개의 물체가 달린 끈을

쥐고 있었다. 중앙에 피워놓은 커다란 모닥불이 그 물체를 어둠 속에서 밝히자 이를 본 산적들이 놀란 듯 뒤로 물러섰다.

"자… 선물이다."

휙—!

말을 마친 이목림이 손에 쥔 여섯개의 물체를 모닥불 옆으로 던졌다. 이를 바라보던 맹덕은 표정은 굳다 못해 일그러져 있었다. 모닥불 근처에 떨어진 여섯개의 물체는 다름 아닌 이목림을 사냥하러 갔던 산적들의 머리였다.

"수고했다."

무연의 말에 이목림이 고개를 끄덕이며 긴 한숨을 내쉬었다. 십년간 바라왔던 복수를 드디어 이뤄낸 것이다. 그 것도 자신의 손으로.

그때 맹덕이 자리에서 일어나며 손뼉을 마주쳤다.

"대단하군! 대단해! 일개 사냥꾼 주제에… 녹림채의 산적을 여섯이나 잡아내다니!"

일어서며 박수를 친 맹덕이 과장스럽게 손짓하며 이목림을 칭찬했다.

하지만 칭찬을 받았음에도 이목림은 맹덕에게 한번의 눈길도 주지 않고, 무연에게 다가가 중얼거렸다.

"힘들군요. 온몸이 박살날 것 같습니다."

"네가 상대한 이들은 녹림채의 산적들이다. 그들은 무공을 배운 무인들이라 보통의 산적들과는 차원이 다르지. 그

들을 여섯이나 상대하여 이겼으니 힘든건 당연해."

"좀… 쉬고 싶군요."

"그래. 미홍과 내려가서 쉬도록 해."

"네… 네?"

나긋하게 들려오는 무연의 말에 고개를 끄덕이던 이목림은 뭔가 이상함을 깨닫고 고개를 들어 무연을 바라봤다. 그는 이목림을 향해 눈짓하고 있었는데, 어느새 이목림의 옆으로 다가온 미홍이 그의 어깨를 부축했다.

"내려가시죠."

"하지만……."

이목림은 혼란스러웠다.

녹림채와의 볼일은 끝났으니 내려가는 게 당연했지만 문제는 무연의 움직임이었다. 자신들과 함께 내려갈 줄 알았던 무연이 꼼짝 않고 서 있었다.

"설마… 저, 저도 함께."

"내려가라. 이제부터는 내 볼일이니."

뒤를 돌아보지도 않은 채 말하는 무연의 뒷모습. 이목림은 차마 같이 남아 싸우겠다는 말을 하지 못한 채 고개를 돌렸다. 자신의 몸 상태로는 아무 도움도 되어주지 못한다는 것을 누구보다 잘 알고 있었기 때문이다.

그때, 내려가려는 이목림과 미홍을 향해 맹덕이 외쳤다.

"누가 내려가도 좋다고 했지!?"

맹덕의 우렁찬 외침이 악록산을 가득 메웠다.

고절한 내력이 담긴 음성이 산 곳곳에 울려퍼졌다.

하지만 미홍과 이목림은 멈추지 않고 산을 내려가기 시작했다. 그들이 자신의 말을 무시했다고 생각한 맹덕이 성난 목소리로 외쳤다.

"이놈들이 정녕 죽고 싶은 게로구나!"

"닥쳐."

거대한 도끼를 치켜든 맹덕의 외침에 무연이 한걸음 앞으로 나서며 말했다. 맹덕은 도끼를 쥔 손에 힘을 주었다.

"네놈이 무림에서 한가락 하는 모양인데, 이곳은 녹림채다. 개인의 힘으로 어쩔 수 있는 곳이 아니란 말이다!"

"와아!"

맹덕의 외침에 맞춰 산적들이 우렁차게 환호를 질렀다.

"소위 대문파라 불리는 무림의 문파들이 왜 우릴 가만히 두는지 아느냐!? 그건 바로……."

"두번 말 안 해."

쾅—!

형용할 수 없는 거대한 힘에 의해 튕겨나간 맹덕이 녹림채에 마련된 산채의 문을 박살내며 날아갔다.

수장이자 채주인 맹덕이 단 한수에 날아가버리자, 산적들은 벌어진 입을 다물지 못했다.

초절정에 이르렀고, 거대문파의 장문인과도 대등하게 싸울 수 있다고 알려진 것이 바로 녹림채주 맹덕이었다.

그런 그가 단 한수를 견디지 못하고 날아가버렸다.

"당장 저놈을 죽여!"

어느새 정신을 차린 맹호가 무연을 향해 손짓하며 외쳤다. 넋을 놓고 있던 산적들이 병장기를 쥐고 무연을 향해 달려들었다.

산을 가득 메운 산적들이 사방에서 달려드는 모습을 바라보던 무연은 과거의 기억을 떠올리며 비릿한 미소를 지었다.

"그때와 비슷하군."

과거 무신이라 불리던 자신을 죽음의 문턱까지 몰아세운 혈교와의 싸움. 그때를 떠올린 무연이 싸늘하게 눈을 빛냈다.

"기분 나쁘게 말이야."

쉬이익—!

산적 한명의 도끼가 목을 베려 날아들었다. 무연은 피하지 않았다. 대신 오른 주먹을 휘둘렀을 뿐이었다.

콰앙—!

도끼가 박살나며, 북 터지는 소리와 함께 공중에서 세 바퀴를 연속으로 돈 산적이 바닥에 고꾸라졌다.

비명 한번 지르지 못하고 죽은 것이다.

"이 개자식이!"

이번엔 창이 가슴을 향해 찔러 들어왔다.

무연이 신형을 꺾으며 가볍게 창을 피한 후, 창날을 잡아 부러뜨린 뒤 산적의 목에 창날을 박아 넣었다.

"커, 커억!"

자신의 창에 목이 꿰뚫린 산적이 피를 흘리며 쓰러졌다. 그리고 그의 뒤로 세명의 산적들이 사방에서 나타나 도끼와 박도를 휘두르자 무연이 오른발을 높이 치켜들었다. 밝은 은색의 빛이 무연에게 달려든 세명의 산적들을 강타했다.

"컥!"

"큭!"

"어헉!"

세개의 각기 다른 비명성이 악록산을 울렸다. 목이 부러지고 허리가 뒤틀린 두명의 산적이 바닥에 고꾸라졌다. 마지막으로 두 다리가 기형적으로 부러진 산적이 무릎 꿇으며 신형을 부들부들 떨었다.

"후."

세명의 산적에게 뇌선각(雷線脚)을 날린 무연이 짧게 호흡하며 주변을 둘러보았다.

빠르게 몇 명의 산적들을 처리했지만 여전히 산적들의 수는 줄어들 기미가 보이지 않았다.

다만 다행인 것은 눈 깜짝할 사이에 반항 한번 못해보고 산적들이 죽어 나가자, 근처로 다가온 산적들이 함부로 공격을 해오지 못하고 있다는 거였다.

"이노옴!!"

쾅—!

거친 폭음성과 함께 녹림채의 산채가 박살나며 맹덕이
비호처럼 날아올랐다. 그는 두개의 도끼를 손에 쥐고 눈을
부릅뜬 채 무연을 바라보고 있었다.

"난 녹림채주 맹덕이다!"

높게 날아오른 맹덕이 거칠게 신형을 날려 쇄도해왔다.

손에 든 두개의 도끼에선 붉은 기운이 폭풍처럼 몰아치
고 있었다.

무연도 전에 본 적이 있는 무공이었는데, 바로 맹호가 무
연에게 썼던 혈선마부(血渲痲斧)의 혈선풍(血渲風)이었
다.

하지만 같은 무공이라 하기엔 그 수준이 남달랐다.

"죽어라!"

쾅—!

쾅!

거력의 기운이 연달아 날아들었다. 그 기운이 무연에게
닿아 터져나가자 주변에 있던 산적들이 그 기운을 버티지
못하고 튕겨나갔다.

구우우우!

맹덕의 맹수와 같은 공격에 흙먼지가 가득 피어올랐다.
그 흙먼지에서 두개의 소용돌이가 생겨나기 시작했다.

심상치 않은 기류에 자리에 우뚝 선 맹덕이 들고 있던 도
끼에 내력을 더욱 끌어올리기 시작했다.

그러자 붉은 기운이 도끼를 감싸며 부강기(斧强氣)를 만

들어냈다.

"와라!"

흙먼지가 일순간에 걷히며, 무연의 신형이 엄청난 속도로 맹덕의 앞에 나타났다.

마치 공간이라도 접어 달린 듯 순식간에 나타난 무연의 모습에 맹덕은 놀랄 틈도 없이 도끼를 휘둘렀다.

부웅—!

두개의 도끼가 목을 벨 요량으로 빠르게 휘둘러져 왔다. 하지만 뚜렷했던 무연의 신형이 흐릿해지며 사라졌다.

얼굴을 굳힌 맹덕이 도끼를 쥔 팔목을 꺾으며 오른쪽을 방어했다.

꽝—!

"크윽!"

왼쪽으로 주르륵 밀려난 맹덕이 얼굴을 찌푸렸다.

강했다. 빨랐고, 내공의 수준이 남달랐다.

절정을 넘어 초절정에 이른 무인이라 일컬어지던 자신이 감당할 수 없는 상대라는 것을 단 한수로 깨달은 맹덕은 주변을 둘러보았다.

산적들은 무기를 든 채 싸움을 지켜보고 있었다.

"이놈들 뭘 하느냐! 당장 이놈을 죽이지 않고!"

노기 어린 맹덕의 외침에 정신을 차린 산적들이 빠르게 무연을 향해 달려들었다.

"두걸음."

무연이 빠르게 두번 걸었다. 그리고 순간 주변에 은빛 기류가 맴돌기 시작했다.

콰아아앙!!

그리고 이어지는 폭음.

무연을 향해 달려들던 세명의 산적이 각기 다른 방향으로 기괴한 모습을 한 채 날아가 처박혔다.

쾅!

무연이 앞으로 빠르게 나아가며 진각을 밟았고, 거대한 기운에 의해 바닥이 갈라지며 대지를 뒤틀었다.

그러자 산적들이 중심을 잡지 못한 채 비틀거리기 시작했고, 무연이 그 사이를 파고들었다.

퍽—!

퍼버벅!

수십번의 타격음이 들려왔다. 비틀거리던 수십명의 산적들이 비명도 지르지 못한 채 몸을 활처럼 휘며 쓰러졌다.

"세걸음."

콰가가강!!

무연의 신형이 더 빨라졌다.

"헛!?"

"악!?"

푹—!

퍽—!

도를 쥔 자들은 어느새 부러진 손목을 보며 아연실색했다. 바람이 스쳐 지나갔다고 느낀 순간, 손목이 부러졌다. 뒤이어 빼앗긴 무기가 자신의 몸을 꿰뚫었다.

눈 깜짝할 사이에 벌어진 일이었고, 막을 방법이 없었다.

창을 쥔 자는 자신의 창에 가슴이 꿰뚫렸고, 도를 쥔 자는 자신의 가슴에 도를 박아 넣었다.

하나둘씩 쓰러지는 산적들의 몸에는 살아생전 쥐고 있던 자신들의 병장기들이 꽂혀 있었다.

"미, 미친놈!"

믿기지 않는 광경들을 지켜보던 맹덕이 몸을 부르르 떨었다.

그는 수적 우위를 믿고 있었다.

아무리 강한 무인이라 해도 사방에서 몰아치는 공격에는 당황할 수밖에 없었고, 그 사이사이마다 초절정에 이른 무인이 공격해 오면 누구라도 피해를 입을 수밖에 없었다.

아니. 그렇게 생각했다. 그러나 한줄기 바람이 된 무연은 누구도 손대지 못했다.

우드득—!

병장기를 손에 쥐고 있지 않던 산적은 목이 부러진 채 바닥에 고꾸라졌다.

"그… 그만! 져, 졌다 내가 졌다! 아니, 녹림채가 졌다!"

맹덕이 무릎을 꿇은 채 외쳤다. 그의 간절한 외침이 들린

것일까. 순식간에 산적들을 죽여 나가던 무연이 우뚝 신형을 멈추었다. 그러자 주변에 서 있던 산적들이 바닥에 주저앉은 채 뒷걸음질하기 시작했다.

개중에는 눈물을 흘리며 도망치는 이들도 있었다.

"네놈이… 네놈이 이겼다. 그러니 제발 그만두어라."

무릎을 꿇은 채 간곡하게 말하는 맹덕의 앞에 무연이 섰다.

"왜… 우리에게 왜 이러는 것이냐? 그 사냥꾼 놈의 복수는 이미 이뤄지지 않았느냐!"

"천일신단."

"뭐?"

자세를 낮춘 무연이 무릎을 꿇은 맹덕과 눈을 맞췄다.

"천일신단은 내게 소중한 사람이 있는 곳이다. 그런데 네놈들이 그곳을 두고 협박을 했지."

"그, 그건… 후, 후왕부가 천일신단에 있다는 얘기를 듣고 찾으러 간 것뿐이다. 애초에 그건 우리의 것이었으니!"

"애초에 후왕부를 도둑맞은 것은 네놈들이 벌인 죄악 때문이지. 그리고 네놈들의 사정은 내게 중요하지 않아. 중요한 건 너희들이 내 사람을 건드렸다는 거지."

무연의 두눈을 마주한 맹덕은 온몸을 뒤엎는 싸늘하고 끈적한 살기에 몸을 덜덜 떨었다.

"천일신단을 건들지 마라. 후왕부는 돌려주지."

"네, 네……."

무연이 자리에 일어선 뒤, 맹덕의 등 뒤로 사라졌다.

"허억! 허억!"

숨이 턱턱 막히던 압박감이 사라지자 거칠게 숨을 몰아쉬던 맹덕이 고개를 들었다. 각자의 병장기를 묘비 삼아 쓰러진 산적들의 시체가 악록산을 뒤덮고 있었다.

필유아사(必有餓死)

"후……!"

숨을 깊게 들이마신 무연이 급히 나무에 손을 뻗어 몸을 기댔다. 단전으로부터 시작된 엄청난 고통이 온몸으로 뻗어나가기 시작했다.

"후!"

복부로부터 시작되어 가슴, 어깨, 허벅지, 팔, 손끝으로 뻗어나가는 고통에 눈을 질끈 감았다. 마치 온몸이 박살나는 듯한 고통이 엄습해왔다.

미세하게 떨리는 손가락을 강하게 말아 쥔 무연이 제자리에 똑바로 서며 기운을 갈무리했다.

사실 녹림채를 용서할 생각이 없었다.

기회가 된다면 모든 산적들을 죽이고 더 나아가 맹덕의 목숨도 취하려고 했다. 하지만 싸움이 길어질수록 기운이 불안정해지기 시작했다. 삼할밖에 남지 않은 내력이 폭주하기 시작했고, 자칫하면 주화입마에 빠질 뻔했다.

"역시, 정상일 리 없다는 건가……."

아직도 미세하게 떨려오는 손바닥을 내려다보던 무연이 얼굴을 굳혔다. 과거에 있었던 혈교와의 싸움은 그의 몸에 엄청난 상처를 남겼다.

운 좋게 반로환동과 환골탈태를 겪어 목숨을 부지할 수 있었지만 싸움의 후유증은 아직도 몸에 남아 있었다.

"어쩌면 시간이 별로 남지 않았을지도 모르겠군."

자신의 몸이 얼마 남지 않았음을 깨달은 무연이 고개를 돌려 악록산 아래를 내려다보았다. 어느새 밝은 등불이 여럿 나타나 산을 비추고 있었다. 아마도 미홍이 개방의 거지들을 데리고 나타난 것이리라.

"내려가야겠군."

비록 녹림채를 몰살시키진 못했으나 천일신단을 건들지 말라는 경고는 확실히 해두었다. 그들도 천일신단을 어쩌진 못할 것이다. 필요한 볼일을 마친 무연이 천천히 악록산을 내려가기 시작했다.

"생각보다 일찍 내려오셨네요."

미홍의 얼굴엔 표정이 거의 드러나 있지 않았지만 목소

리는 살짝 떨리고 있었다. 내색하지 않았지만 녹림채를 홀로 상대하러 간 무연이 걱정되었던 모양이었다.

"생각보다 볼일이 빨리 끝났거든."

"그래도 상하신 곳은 없어 보이니 다행이네요. 그런데 혹시……."

미홍이 조심스럽게 끝말을 흐리자 저의를 알아차린 무연이 아쉬운 듯 살짝 미소를 지으며 고개를 저었다.

"생각이 없는 놈이라 생각했는데, 예상과 다르게 산적채를 아끼는 놈이더군. 그가 무릎을 꿇고 사정하는 바람에 목숨을 취하진 않았다."

"아… 알겠습니다. 피곤하실 텐데 어서 가시죠."

"그래."

다른 이였다면 무연의 말을 듣고 조금의 의심이라도 했을 것이다. 하지만 미홍은 일말의 의심도 하지 않은 채 고개를 끄덕였다.

짧은 기간이었지만 무연과 함께 있으며 그가 허언을 일삼는 자가 아니라는 것을 알게 되었다. 또한 어렴풋이나마 그의 수준을 엿본 덕도 있었다.

그녀는 능숙하게 품에서 수첩을 꺼내 앞서 걸어가고 있는 무연에 대해 기록하기 시작했다.

'무림맹 용천부단주 무연. 수준은 초절정. 혹은 그 이상.'

기록을 마친 미홍이 수첩을 곱게 접어 품속에 갈무리했다. 정보는 개방의 생명이었으며, 존재의 의미였다.

무연 같은 신흥강자에 대해 빠짐없이 세밀하게 기록하는 것은 미홍의 의무였고, 그녀는 자신의 의무에 최선을 다했다.

임안객잔으로 돌아온 무연은 몸을 대충 씻고 무복을 갈아입은 채 그대로 침대에 몸을 눕혔다. 온몸을 뒤덮는 피로감은 손가락 하나 움직이지 못하게 만들었다.

잠깐의 싸움이었고, 초절정 수준의 맹덕과는 별로 싸워보지도 않았다. 하지만 그럼에도 몸은 엄청난 피로감에 휩싸여 움직여지질 않았다.

"나도 늙은 모양이야."

주름 하나 없는 손을 간신히 들었다. 굳은살은 박혀 있었지만 잔주름 하나 없었고, 수십년을 살아오면서 하나둘 새겨놓았던 상처들도 존재하지 않았다.

세월을 잊은 듯 젊어진 모습의 손은 가끔씩 자신을 혼란스럽게 했다.

"내가 반로환동을 한 것인지, 하늘이 내게 시간을 준 것인지 알 수가 없군."

이십년간 잠들었다가 일어난 후, 그동안 자신의 몸에서 생긴 변화에 대해 꼼꼼히 살펴보지 않았다.

단지 알고 있는 거라고는 본신의 내력 칠할이 소실되어 삼할밖에 남지 않았고, 외형은 이십대 초반으로 젊어졌다는 것뿐이었다.

무공이나 깨달음의 수준은 그대로였지만 소실된 내력은 돌아올 기미를 보이지 않았다. 게다가 시간이 흐르면서 삼할밖에 남지 않은 내력은 몸에 부담을 주기 시작했다.

　젊어진 줄 알았던 신체가 붕괴되기 시작한 것이다.

　하지만 그렇다고 절망하지 않았다. 슬퍼하지도 않았다.

　그에겐 오랜 시간이 필요한 것이 아니었다.

　"혈교……."

　중원을 집어삼키려 친구들을 번복하게 만들고, 끝내 죽음에 이르게 한 혈교를 이 세상에서 지워낼 때까지만. 그때까지만 몸이 견뎌주면 되었다.

　"조금만 더……."

　어느새 무거워진 눈꺼풀이 두눈을 짓누르기 시작했다.

　그리고 쏟아지는 졸음을 견딜 생각이 없던 무연은 세상이 아득해짐을 느끼며 눈을 감았다.

＊　＊　＊

　"끄응!"

　온몸이 끊어질 것 같은 고통에 몸부림치던 이목림은 간신히 몸을 비틀어 두손으로 바닥을 짚고 상체를 일으켜 세웠다.

　"무리하지 마세요. 자상(刺傷)과 절상(折傷)에 의해 몸이 많이 망가졌어요."

"예?"

물과 붕대가 담긴 쟁반을 들고 나타난 여인이 어리둥절해하는 이목림을 향해 가볍게 고개를 저으며 말했다.

"도에 베인 상처가 깊고 뼈마디가 어긋나거나 부러진 곳이 한둘이 아니에요. 이대로 함부로 움직이다간 상처가 덧나거나 치료되는데 시간이 더 걸릴 수도 있어요."

"아니, 누구……?"

이목림은 처음 보는 여인의 모습에 당황했는지 주변을 두리번거렸다.

자세히 보니 주변은 의원인 듯 탕약 냄새가 진동을 했고, 여기저기 다치고 병든 사람들이 누워 있었다.

그의 질문에 여인이 자신의 갈색 머리를 뒤로 질끈 묶으며 말했다.

"전에도 봤잖아요. 미홍입니다."

"아… 미홍… 네?"

자신을 미홍이라 밝힌 여인의 모습에 이목림이 당황한 듯 그녀를 위아래로 훑어보았다.

여인을 위아래로 훑는 것은 실례였으나 그런걸 신경 쓸 정신이 없었다. 그도 그럴 것이 그가 알고 있는 미홍은 부스스한 머리 탓에 성별을 구별하기 힘들었고, 여자임에도 거지 특유의 악취와 꾀죄죄한 몰골을 유지하고 있었기 때문이다.

그런데, 지금 앞에 나타난 여인은 곱게 머리를 빗어 뒤로

묶고 있었다. 의복은 단출하지만 깔끔했으며, 화장을 하지 않았지만 청초한 빛이 어리는 청아한 외모를 가지고 있었다.

"여기는 의원입니다. 제아무리 개방의 거지라 하더라도 씻지도 않은 몸으로 의원을 들어올 순 없지요."

"아아⋯⋯."

이어지는 미홍의 말에 이목림이 납득하여 고개를 끄덕였다. 확실히 이곳은 병자들이 가득한 의원이었다. 그러니 제아무리 개방의 거지라도 씻지 않은 몸으로 의원을 들어올 순 없었으리라.

그 말은 곧 미홍이 자신을 간호하기 위하여 거지의 신분으로 몸을 씻고 단정히 하여 의원을 들어왔다는 뜻이었다.

"괜찮⋯습니까?"

몸을 씻고 단정히 해도 괜찮냐는 물음에 미홍은 고개를 끄덕이며 다가와 그의 상의를 풀어헤쳤다. 이목림은 낯선 여인이 상의를 풀어헤치자 놀라 급히 뒤로 물러섰다.

"뭐, 뭐하는 겁니까?"

"수시로 붕대를 갈아주지 않으면 상처가 곪아요."

"하, 하지만⋯⋯."

당황하는 이목림과 달리 미홍은 이런 일이 익숙한지 얼굴색 하나 변하지 않은 채 복부를 동여매고 있던 붕대를 조심히 잘라냈다. 그리고 붕대를 떼어낸 후, 깨끗한 붕대로 새로 갈아주기 시작했다.

졸지에 미홍과 가까이하게 된 이목림은 얼굴을 붉혔다.

십년동안 복수를 위해서만 살아와 여인을 가까이 한 적이 없었기에 미홍의 따스한 숨결이 몸에 닿는 것이 부끄러웠다.

"몸은?"

익숙한 목소리가 귓가에 들리자 이목림이 퍼뜩 고개를 돌렸다. 그곳에는 검은 무복을 입은 무연이 자신을 내려다보고 있었다.

"아, 오셨습니까? 몸은 그럭저럭 괜찮은 편입니다."

"거동까지는?"

"내일이면 거동하는데 지장은 없을 겁니다."

붕대를 전부 갈아준 미홍이 일어서자 이목림이 아쉬운 듯 입을 다셨다.

"내일은 천일신단에 들려 후왕부를 받아."

"알겠습니다. 그런데… 녹림채는 혹시?"

"천일신단을 건들지 않겠다는 약조를 받아냈다. 그 과정에서 몇 놈을 죽이긴 했지만."

담담하기 그지없는 무연의 말에 이목림이 고개를 천천히 끄덕였다. 단신으로 녹림채를 상대로 사과를 받아낼 수 있는 자가 몇 명이나 있을까 하고 속으로 세어보았지만 하나를 세고는 더 이상 세지 못했다.

"그리고 감사드립니다. 무 대협… 초면에 보였던 무례는 진심으로 사과드리겠습니다."

"신경 쓸 것 없다. 네가 복수를 할 능력이 없었다면 천일신단으로 끌고 가거나 녹림채에 팔아버렸을 테니."

절대 허언이나 농으로 하는 말이 아니란 걸 잘 알고 있었다. 이목림이 흠칫하며 몸을 잠깐 떨었다.

"그리고 미홍. 네겐 부탁이 하나 있어."

"말씀하시지요."

"소곡산과 악록산에서 있었던 일들을 모두 기록했겠지?"

"물론입니다."

미홍은 당당하게 고개를 끄덕였다. 그녀는 어디까지나 개방도이자 개방의 거지였다. 정보 수집은 의무였고, 본능이다. 게다가 이제 와 숨길 것도 없었으니 망설임 없이 인정한 것이다. 새삼 놀랄 것도 없는 그녀의 모습에 무연이 고개를 마주 끄덕이며 말했다.

"당분간 녹림채에서 있었던 일들은 너만 알고 있어. 상부에는 보고하지 말고."

"이유를… 알 수 있겠습니까?"

보고는 의무였다. 항상 맡은 분타의 영역 내에서 벌어지는 모든 크고 작은 사건들은 개방에 보고가 됐다. 정보가 생명인 만큼 당연한 의무였는데, 무연이 이를 막은 것이다. 그러니 미홍으로서는 이유를 물어봐야 했다.

"이유는… 말해줄 수가 없다."

"그럼 저도 보고를 하지 말아야 할 이유가 없습니다."

"흠."

무연은 미홍의 단호한 태도에 그녀를 무심히 바라봤다.

그의 시선을 느낀 미홍이 다급하게 고개를 저었다.

"저를 협박하신다고 해도 제 마음은 변하지 않습니다."

"천일신단이… 사람도 보관하던가."

"무슨 말씀을 하셔도…….."

"알아봐야겠군."

두눈을 질끈 감은 미홍이 긴 한숨을 내쉬었다.

"하아… 그래서 얼마나 보고하지 말아야 하는 겁니까?"

"두달이면 충분해."

두달은 결코 짧지 않은 기간이었다.

정보의 정확도와 신속성을 강조하는 개방에서의 두달은 호남의 부분타장인 미홍에게 너무도 긴 시간이었다.

하지만 무연의 뜻을 꺾을 수 없다는 것을 잘 알았기에 할 수 없이 고개를 끄덕였다.

천일신단에 짐짝처럼 맡겨지고 싶은 생각은 추후도 없었다. 또한 지금까지 봐온 무연이 악한 마음을 가지고 부탁한 것은 아닐 거라 믿었기 때문이다.

"알겠습니다. 대신, 그 이상은 안 됩니다. 두달도 충분히 길어요."

"알았어."

둘의 대화를 잠잠히 듣고 있던 이목림이 품을 뒤적이기 시작하더니 안대를 찾아 머리에 썼다.

그 모습을 본 무연이 다가와 곁에 앉으며 말했다.

"활은 누구에게 배운 거지?"

무연이 옆에 앉으며 묻자, 곁에 서 있던 미홍도 덩달아 옆에 앉았다.

"어릴 때 아버지에게 배웠고, 가족들이 죽고 나선 혼자 터득했습니다. 기본적인 이론은 알고 있었으니 필요한 건 숙련에 필요한 시간과 경험뿐이었습니다."

"화살에 기운을 담는건?"

"사실… 아직도 그게 무슨 말인지는 모르겠습니다. 한번도 기운을 담겠다고 마음을 먹어본 적이 없어서…….'"

그의 중얼거림에 무연이 곰곰이 생각에 잠기며 이목림을 훑어봤다. 보통 내공심법을 익히지 않은 자들은 무공을 사용할 수 없었다.

단전이 만들어지지 않아 내공이 축적되지 못하고, 내공이 없으면 내력을 끌어낼 수 없기 때문이다.

하지만 간혹 자연적 기운에 친화력을 가지는 이들이 생겨나곤 하는데, 그들은 대부분 이목림처럼 산에서 생활하는 이들 중에서 나타났다.

정확한 이유나 원인에 대해서는 아는 바가 없었다. 그러나 내공이라는 것이 결국 세상에 존재하는 자연적 기운을 몸에 축적하는 것이니, 자연적 기운이 가장 많이 분포되어 있는 산에서 생활하는 이들의 몸에 자연스럽게 녹아든 것이라 추측했다.

"오랜 산 생활을 통해 자연의 기운이 몸에 축적된 것이겠군."

"뭐, 무 대협이 그렇다면 그런 것이겠죠?"

그때 무연이 자신의 손을 내려다보았다.

'단전이 없는 자의 화살에 내력이 깃든다…….'

검사들은 검에 검기나 검강을 발현하기 위해서 단전에 있는 내력을 끌어 모아야 했다.

그것은 권사나 창술사도 마찬가지였고, 다른 병장기나 다른 무공을 펼치는 이들도 마찬가지였다. 모든 내공은 단전에서 만들어져 단전에서 나왔다. 그래서 파문을 행할 때 무공을 사용하지 못하도록 단전을 부수기도 하였다.

그때 뭔가 깨달음을 얻은 무연이 자리를 박차고 일어섰다.

"무, 무슨 일이라도?"

"삼인행 필유아사(三人行 必有我師)."

삼인행 필유아사(三人行 必有我師). 세 사람이 걸어가면 그중 반드시 스승이 있다는 뜻이었다. 이를 중얼거린 무연이 영문을 모르겠다는 이목림을 내려다보며 말했다.

"네가 내게 가르침을 주는구나."

"제, 제가요?"

"그래."

말을 마친 무연이 신형을 돌려 의원을 나서자 이목림은 어안이 벙벙한 모습으로 미홍을 바라봤다. 그러나 미홍 역시 영문을 모르겠다는 듯 어깨를 으쓱여 보였다.

 의원을 나선 무연이 향한 곳은 소곡산이었다.

 발걸음을 재촉한 덕분에 오랜 시간이 걸리진 않았다. 산의 정상에 올라선 무연은 가부좌를 틀고 눈을 감았다.

 '만약 내공을 단전에 모으지 아니하고 바로 내력으로 발현할 수만 있다면…….'

 무연이 이목림을 통해 깨달은 것은 바로 그것이다.

 단전은 무인들에게 있어서 하나의 그릇과도 마찬가지였다. 무인들은 내공심법을 통해 오랜 시간과 정성을 들여 단전이라는 그릇을 만드는데, 그렇게 만들어진 단전이란 그릇에 내공이 차곡차곡 쌓이게 된다.

 그렇기 때문에 자질이 뛰어나고 깨달음을 얻은 무인일수록 그릇의 크기가 컸다.

 문제는 그릇의 크기는 한정되어 있었고, 인간이 지닐 수 있는 내공의 양도 한계가 있었다.

 하지만, 만약 그릇을 통해 내공을 사용하는 것이 아니라 내공을 바로 온몸에 순환시켜 내력으로 사용할 수만 있다면?

 허황되게 들리고 무인에겐 꿈만 같은 이야기일 수도 있었지만 무연은 가능하리라 확신했다.

 이목림을 만났기 때문이다. 그는 내공심법을 배우지도, 단전이란 그릇을 만들지도 못했다. 하지만 그가 쏘는 화살에는 내력이 깃들어 있었다.

그랬기 때문에 보통의 궁사들보다 훨씬 강한 화살을 쏘아 보낼 수 있었고 무인을 상대할 수도 있었다.

'자연적 기운에 대한 친화력이 남들보다 뛰어난 덕분이겠지. 만약 내게도 가능하다면 소실된 내력의 공백을 메울 수도 있다.'

주변을 흐르던 바람들이 서서히 무연의 주변을 감싸며 돌기 시작했다.

몸을 감싸는 서늘한 바람을 느꼈다.

몸을 떠받치는 딱딱하고 차가운 바닥을 느꼈다.

노래하는 새의 지저귐을 들었고, 햇빛을 받아 숨 쉬는 나무의 호흡을 느꼈다.

눈을 감고 귀를 막은 채 세상을 듣지 아니하고 보지 아니하며 느끼려 노력하자, 곧 무연의 앞에 거대한 세상이 펼쳐졌다.

시야에 한정된 모습이 아니라.

들리는 것에 한정된 소음이 아니라.

자연 그대로의 모습들이 무연의 앞에 펼쳐졌다.

눈을 감고 있음에도 보였고, 귀를 막고 있음에도 들렸으며, 맡으려 하지 않았음에도 모든 감각들이 극대화되어 세상을 느꼈다.

눈을 감은 무연이 오른팔을 들어 주먹을 강하게 말아 쥐었다. 바람이 팔을 타고 흔들거리며 제 몸을 살랑거리기 시작했다.

부드럽게 몸을 흔들던 바람은 점점 거칠게 휘몰아치기 시작했다. 곧 주먹에서 시작된 바람이 거칠게 회전하며 거대한 소용돌이를 만들었다.

"흐읍!"

손바닥을 펼치자 거대한 소용돌이가 사방으로 뻗어나갔다. 뒤이어 강하게 주먹을 말아 쥐자 세상을 뒤흔들 것처럼 요동치던 바람들이 일순간에 잠잠해졌다.

"후우……."

눈을 뜬 무연이 손을 내려다보았다.

보인 적 없던 새로운 기운들이 허공에 맴돌고 있었다.

하지만 이 기운들은 빠르게 무연의 앞에서 자취를 감췄다. 애초에 없었던 것처럼.

"쉽진 않을 거라 생각했는데 이건 더 심하군."

무연의 신형이 천천히 뒤로 넘어갔다.

단전에 머무는 내공은 그대로였지만 한달 내내 쉬지 않고 내달린 것처럼 엄청난 피로감이 몰려들었다.

하지만 새로운 경지에 대한 깨달음을 얻은 탓일까. 무연의 얼굴은 설렘이 가득찬 어린아이처럼 밝아져 있었다.

"하하… 모든 것을 이뤘다 생각했는데, 또 새로운 것이 나를 기다리고 있었군."

무신이라 불리며 무의 정점의 섰을 때도 느끼지 못한 기운이었다. 평생을 걸쳐 모아온 내력의 대부분을 잃고 나서야 새로운 경지에 발을 들이게 되었다.

아직 감도 제대로 잡히지 않았고, 어디가 끝인지도 알 수 없었지만 기분은 좋았다.

"후우……."

* * *

다음 날, 간신히 거동이 가능해진 이목림과 무연 그리고 미홍은 호남의 천일신단을 향해 갔다.

이목림이 퇴원하게 된 덕분인지 미홍은 원래의 모습을 되찾아가고 있었다. 하지만 한번 깨끗해진 몸은 쉽게 꾀죄죄해지지 않았기에 여전히 깔끔한 모습을 유지하고 있었다.

대신 미홍은 씻으려 하지 않았고, 이목림은 왠지 그녀를 씻기고 싶어 하는 듯했다.

하지만 이목림은 씻지 않는 미홍을 어쩌지 못하고 있었다. 보통의 사람이라면 구정물이라도 끼얹으면 찝찝해서라도 몸을 씻을 텐데, 미홍은 오히려 본래의 모습에 더욱 가까워졌다며 좋아할까 두려웠기 때문이다.

그렇게 얼마 걷지 않아 천일신단에 도착했다.

애초에 의원과 천일신단이 그리 멀지 않았기에 시간이 오래 걸릴 것도 없었다.

"단주는?"

"단주님은⋯⋯."

"무 공자!"

소식이 없는 무연이 걱정되어 전전긍긍하고 있던 홍예는 일주일 만에 모습을 드러낸 무연을 보고 활짝 웃었다.

중년의 나이에도 여전히 아름다운 홍예는 사뿐사뿐 뛰어와 무연의 앞에 섰다.

"몸은 괜찮으신 거예요?"

"괜찮아."

"휴. 저는 또 무 공자가 녹림채를 박살내겠다며 그들을 찾아갈까봐 얼마나 걱정했는지 몰라요!"

홍예의 걱정 어린 말에 미홍과 이목림이 머리를 긁적였다. 아니나 다를까, 그녀의 말대로 녹림채로 가서 그들을 박살내려한 것은 사실이었다.

"그나저나⋯ 당신은?"

"이목림입니다. 제가 맡긴 후왕부 때문에⋯ 험한 꼴을 당할 뻔하셨다고요?"

"호호! 아니에요. 저희는 신단으로서 어떠한 물건도 맡아주니까요. 물론⋯ 위험이 아주 없었던 것은 아니지만요. 호호!"

경쾌하게 웃는 홍예를 보며 이목림이 어색하게 미소를 지으며 말했다.

"후왕부를 되찾으러 왔습니다."

"아, 후왕부를 말씀이신가요? 음. 어디 보자."

각양각색의 물건들을 보관하고 있는 거대한 크기의 창고로 들어간 홍예. 그녀는 네 가지나 되는 자물쇠가 달린 문을 열고 들어가 후왕부를 찾아왔다.

후왕부는 녹색 빛이 감도는 거대한 크기의 도끼였다. 오랜 시간이 지났음에도 날이 바짝 서 있는 명부(名斧) 중의 명부였다.

"여기 있습니다."

"여기, 증명서입니다."

"네. 정확히 받았습니다."

후왕부를 받아든 이목림이 무연을 바라봤다. 이제 후왕부를 어쩌면 좋겠냐는 뜻이었다. 잠잠히 후왕부를 바라보던 무연이 이목림에게서 후왕부를 받아들었다.

"이 후왕부는 녹림채에 돌려줘야지. 애초에 그들의 것이었으니."

"안 그래도 산적 놈들이 와서 행패라도 부릴까 걱정했는데, 후왕부를 돌려받았으니 괜찮아지겠죠?"

"그래. 괜찮을 거야."

무연이 확신에 찬 목소리로 대답하자 홍예가 진한 미소를 지으며 무연에게 다가갔다.

"무 공자의 말씀이시니. 당연히 그러겠죠. 호호!"

* * *

"다시 돌아가시나요?"

아쉬움이 잔뜩 배어 있는 목소리로 홍예가 물어오자 옅은 미소를 띤 무연이 고개를 끄덕였다.

"다시 돌아가야지. 아직 그곳에서 해결하지 못한 일들이 남아 있어서."

"아아……."

탁자에 엎드린 홍예는 긴 머리를 풀어헤친 뒤 양손을 들어 제 머리를 헝클이기 시작했다.

"무 공자는 너무 바빠요. 가끔은 여유를 가져보는 건 어떨까요? 예를 들면 어여쁜 여인과 즐겁고 여유로운 한때를 즐긴다거나……."

은근한 미소를 띤 홍예의 모습에 무연이 손을 들어 그녀 볼을 꼬집었다.

"아얏!"

볼에서 느껴지는 따끔함에 눈살을 찌푸린 홍예가 무연을 노려보았다. 하지만 이윽고 표정을 푼 홍예가 웃으며 아련한 눈빛을 했다.

"옛날 기억이 나네요. 그때도 제가 말을 안들을 땐 무 공자가 볼을 꼬집곤 했죠."

"그땐 젖살도 안 빠진 꼬마였지."

"맞아요. 철없던 시절이었죠."

과거를 회상하던 홍예는 자리를 박차고 일어섰다.

"죄송해요. 바쁘신 분을 너무 오래 붙잡고 있었네요. 무림맹으로 향하는 마차를 빌려드릴게요. 물론, 필요 없으신 것은 알지만… 제 성의니까 거부하지 마세요."

일방적인 통보에 가까운 홍예의 말에 무연이 마지못해 알았다며 웃었다. 그녀의 고집은 쉽게 꺾을 수 없다는 사실을 잘 알고 있었기 때문이다.

잠시간의 시간이 지난 후, 홍예가 가져온 이두마차는 과연 그녀의 말대로 훌륭했다.

말들의 갈기는 윤기가 흘렀고, 말들이 움직일 때마다 탄력 있고 건강함이 넘치는 근육이 꿈틀거렸다.

"언제든 천일신단에 들려주세요. 힘드실 때도 좋고… 위험하실 때도 좋아요. 뭐… 외로우실 때 들리시면 더욱 좋고요."

"그래."

무연과 이목림, 미홍을 태운 이두마차가 먼지구름을 만들어내며 점점 멀어졌다. 그들의 모습이 완전히 사라질 때까지 환한 얼굴로 손을 흔들던 홍예는 들었던 손을 내리며 밝으면서도 씁쓸한 목소리로 말했다.

"예나 지금이나… 참 가지기 힘든 남자란 말이야."

* * *

"신천우가 죽었다라… 그것도 단서연의 손에 의해."

묵색으로 만들어진 의자에 기대어 술잔을 빙글 돌리던

혈교주의 눈이 매섭게 빛났다.

마교의 정보와 권력을 손아래 두기 위해 깔아두었던 장기 말들이 한순간에 사라졌다.

콰드득!

손에 들린 술잔이 찌그러지며, 그 안에 담겨 있던 술이 혈교주의 손을 타고 바닥에 흐르기 시작했다.

찌그러진 술잔을 멀리 던져버린 혈교주는 길다란 흑단목 탁자 앞에 앉아 있는 장로들을 바라봤다.

"이십년 전에는 무소월이란 놈이 훼방을 놓더니… 이번엔 무연이란 놈이 우리를 훼방놓는구나."

"처리할까요?"

장로 중 한명이 고개를 돌려 혈교주를 향해 물었다.

혈교주의 입가에 비릿한 미소가 떠올랐다.

"하하! 장대웅도 단신으로 상대한 녀석이다. 네깟 놈이 처리할 수 있겠느냐?"

"곡마대(哭魔袋)를 보낼 생각입니다. 게다가 그놈은 지금 무림맹을 나온 상태. 지금이 그놈을 칠 수 있는 가장 좋은 적기(適期)입니다."

그의 말을 잠잠히 듣고 있던 혈교주가 고개를 끄덕이며 손짓했다.

"가라. 언귀… 무연이란 놈을 찾아내서 죽여."

혈교주의 지시에 언귀라 불린 장로가 신속히 자리에서 일어섰다.

"예."

교주의 지시를 받은 후, 지하로 내려온 언귀는 죽은 시체처럼 바닥에 누워 있는 오십명의 사내들을 바라봤다.

그들은 회색 무복을 입고 얼굴엔 흰 천을 올려둔 채 누워 있었다. 그들의 주변으로 다가온 언귀는 외벽에 달려 있는 종을 가볍게 흔들었다.

딸랑—!

지하를 울리는 맑은 종소리에 누워 있던 오십명의 사내들이 꼿꼿이 섰다.

"곡마대는 들어라."

언귀의 외침에 오십개의 얼굴이 동시에 한곳으로 쏠렸다. 자신을 바라보는 오십개의 얼굴을 스윽 둘러보던 언귀가 싸늘한 눈빛으로 말했다.

"교주님의 명이 떨어졌다."

"으어어어!"

기괴한 목소리가 동굴 전체를 울렸다. 오십명의 곡마대 무인들을 바라보던 언귀가 신형을 돌렸다.

"지금부터 사냥을 시작한다."

"으아아!"

지하를 빠져나가는 언귀의 뒤로 회색 무복을 입은 오십명의 사내들이 뒤따랐다. 정상적이지 못한 기괴한 움직임을 한 곡마대의 무인들이 혈교를 떠나 움직이기 시작했다.

＊　＊　＊

"맹으로 복귀하시는 겁니까?"

"그래. 약속은?"

"지키겠습니다. 하지만 너무 믿지는 마십시오. 저는 어디까지나 개방도입니다."

"참고하지."

미홍이 분타로 돌아가자 이목림이 아쉬운 듯한 표정을 지었다. 비록 짧은 만남이었지만 그녀는 이목림에게 꽤나 큰 존재가 된 듯했다.

"하아… 이제 저는 어쩌죠?"

이목림의 물음에 곰곰이 생각에 빠진 무연이 그를 바라봤다. 그는 젊었고, 천부적인 재능이 있었다.

만약 활이 아닌 무공을 배웠다면 꽤나 이름을 떨칠 무인으로 성장했을 것이다. 그러나 사냥꾼으로 자랐고, 단전을 만들기엔 시간이 너무 흘렀다.

주요 기혈들이 막혔을 것이니 내공심법을 배워도 단전을 구성하진 못하리라.

"활을 배워라."

"활이라면 이미 알고 있습니다. 사냥꾼이니까요."

활 정도는 이미 꿰고 있다는 듯 가볍게 장궁을 들어 보이는 이목림을 향해 무연이 고개를 저었다.

"활을 배워라. 그리고 너만의 궁법을 만들거라."

"궁법…이라니… 저는 무공 같은걸 배운 적이 없습니다. 그런데 궁법을 만들라니… 불가능합니다. 하다못해 스승이라도 있다면 몰라도."

불가능하다는 말에 무연이 손가락을 들어 산을 가리켰다. 그가 가리킨 곳에는 장엄한 크기의 산들이 그 위용을 한껏 드러내고 있었다.

"산이 네 스승이 되어줄 것이고, 네 힘이 되어줄 것이다. 처음엔 바람을 담아라."

"바람?"

마치 의도한 것처럼 바람이 불어오기 시작했다.

서늘하면서 얼굴을 간질이는 바람의 느낌은 이목림을 기분 좋게 만들어주었다.

"만약 네 화살에 바람을 담을 수 있다면 네 활은 더욱 빠르고 강해질 것이다. 그 후엔 자연을 담아라."

"자연을…요?"

여전히 이해가 되지 않는 무연의 말에 이목림이 미간을 좁혔다.

제 아무리 생각해도 평생을 사냥꾼으로 살아온 자신은 무연이 뱉는 말의 의미를 이해할 수가 없었다.

"그래. 바람을 담고, 자연을 담아낼 수 있게 된다면, 후에 너는……."

이목림에게 다가온 무연이 그의 장궁을 손에 쥐었다.

어느새 그의 손에는 화살이 하나 들려 있었고, 능숙하게 활시위에 화살을 먹인 무연이 빠르게 시위를 당겼다 놓았다.

피잉—!

손에서, 활에서 떠나간 화살은 저 멀리 산속을 향해 날아갔다. 평생을 활과 화살을 지고 살아온 이목림은 엄두도 내질 못할 만큼의 속도로.

"아……."

난생 처음 보는 화살에 넋을 놓은 이목림의 앞으로 무연이 활을 건네며 다가왔다.

"세상을 담을 수 있을 것이다."

"저, 저는 당신이 아닙니다. 깨달음도 없을 뿐더러… 가진 힘도 없습니다."

"내게 깨달음을 준 것은 너다. 네 몸은 이미 알고 있다. 단지 네가 아직 깨닫지 못했을 뿐."

활을 건넨 무연이 신형을 돌렸다. 그리고 그의 모습이 홀연히 사라졌다.

마치 귀신에 홀린 듯 연기처럼 사라져버린 무연의 신형을 재빨리 눈으로 쫓던 이목림. 그는 이윽고 하던 행동을 멈추고 무연이 건넨 활을 내려다보았다.

"깨닫지… 못했다……."

눈을 번뜩인 이목림이 재빨리 달리기 시작했다.

무공을 배운 적 없기에 경신술을 운용하지 못하는 그는

거친 숨소리를 토해내며 달렸다. 싸움의 후유증이 가시질 않았는지 금방 지쳤고 두 다리에 힘이 빠졌지만 멈추지 않았다.

"허억! 허억!"

양손을 양 무릎에 올리며 겨우 신형을 지탱한 이목림이 간신히 고개를 들었다. 쉬지 않고 달려 도착한 곳에는 한 개의 화살이 바위에 박혀 있었다.

화살촉은 바위 깊숙한 곳에 박혔는지 보이지 않는데, 화살이 날아온 경로를 바라본 이목림은 눈을 동그랗게 뜨고 몸을 부르르 떨었다.

"아아… 세상을… 담는다…….."

화살이 날아온 경로에는 수십개의 나무가 줄지어 서 있었는데, 그곳에는 작은 구멍이 하나 생겨 있었다.

나무에 가까이 다가간 이목림은 성인남자 손가락 크기의 구멍을 바라보며 눈을 감았다.

"하하. 이걸 제가 어찌 한단 말입니까. 그런데도……."

등에 멨던 활을 꺼내어 손에 쥔 이목림이 작게 중얼거렸다.

"해봐야겠지요."

복수를 이루는 순간 삶의 의미를 잃어버렸다. 죽는 순간까지 녹림채와 싸울 줄 알았는데, 그렇지 않았다.

후련할 줄 알았던 가슴은 후련해지지 않았다. 죽은 가족은 돌아오지 않았고, 죽은 산적들은 반성하지 않았다.

죽은 자들은 말이 없었기 때문에.

화살통에 있던 장궁용 화살을 하나 꺼내었다. 활시위에 화살을 먹였다. 팽팽해진 활시위 때문에 오른팔의 근육들이 비명을 질렀다.

오른손가락을 펴며 시위를 놓았다.

그러자 화살이 날아갔다.

푸른 바람을 타고.

* * *

다그닥— 다그닥—!

무연을 태운 이두 마차가 천천히 하남을 향해 나아갔다. 처음엔 꽤나 빨리 달리던 놈들이 시간이 지남에 따라 점점 느려지기 시작했다. 일어서서 채찍질을 하며 발걸음을 재촉할 수 있었지만 굳이 그러지 않았다.

듣자 하니 용천단은 화산파로 향했다고 했다. 혹시 그곳에 있을지도 모르는 혈교의 잔가지를 찾기 위해서였다.

그러니 무림맹으로 일찍 복귀한들 용천단은 없었다.

"후우!"

마치의 안쪽에서 가부좌를 틀고 앉은 무연은 눈을 감고 명상에 잠겼다. 마부가 없었기에 말들은 일직선으로 달리고 있었는데, 딱히 걱정하지 않았다.

어차피 이쪽 길에서 무림맹이 있는 하남까지는 일직선으

로 이어져 있었기 때문이다. 말들이 급격히 경로를 틀어 움직이지 않는 한 군이 경로를 수정해줄 필요가 없었다.

스으으으—!

눈을 감고 가부좌를 틀고 앉은 주변으로 묘한 기류가 형성되기 시작했다. 얼마 전, 이목림을 통해 깨달음을 얻고 나서부터 생겨난 기운이었다. 이 기운은 무연을 농락하듯 주변에 나타났다 사라졌다를 반복했다.

'잡힐 듯 잡히지 않는 기운이다. 마치 안개 같군.'

안개 속을 헤매는 기분이었다.

주변을 맴도는 기운을 잡으려고 손을 뻗었지만 잡히지 않았다. 보통 사람들이라면 새로운 깨달음에 대한 열망으로 어떻게든 기운을 얻으려 노력했겠지만 무연은 그러지 않았다.

단지 그 기운이 자신을 받아들일 때까지 기다리기 시작했다. 무연을 둘러싼 묘한 기운은 차곡차곡 그의 주변에 쌓여가고 있었다.

* * *

하남의 북쪽에 위치한 철중산(鐵衆山).

산세가 높고 험난하여 범인들은 함부로 오르지 못하는 산이었다. 하지만 봉우리에 올라선 후 바라본 경치는 가히 천하의 절경이라 하여, 경신술을 사용할 수 있는 무인들이

자주 찾았다.

절경을 간직한 봉우리 중 가장 높은 봉우리였던 장무봉(長霧峰)에 여섯 명의 중년인이 모였다. 그들은 나무로 지어진 팔각정에 모여 앉아 있었는데, 그들 중 붉은 비단 도포를 입은 중년인이 먼저 입을 열었다.

"먼 길 오시느라 수고하셨습니다."

"화산파의 장문인께서……."

혁우린의 말을 들은 녹빛의 무복을 입은 중년인이 주변을 둘러보며 말을 이었다.

"각 문파의 가주와 장문인들을 부른 연유가 무엇인지……?"

녹빛 무복을 입은 중년인은 제갈세가의 가주인 제갈공산이었다. 혁우린의 긴급한 요청에 의해 철중산에 위치한 장무봉을 찾아왔는데, 그를 제외하고도 여러 문파의 장문인들과 가주들이 모여 있었다.

"게다가 눈에 띄지 말고 오라니……."

점창파의 장문인 소중문이 불만스러운 표정을 지었다. 혁우린은 불만을 알고 있다는 듯 고개를 끄덕였다.

"다들 알고 계실 겁니다. 저희 화산파에 천소단원들과 용천단원들이 함께 찾아왔다는 것을."

"알고 있습니다. 대외적으로는 천소단의 무인수행을 위해서라지만……."

말끝을 흐리는 소중문이 눈매를 좁혔다.

이곳에 모인 중년인들은 전부 문파와 세가의 수장들이었다. 이미 천소단과 용천단의 숨은 의도 정도는 간파하고 있었다.

"맞습니다. 실제로 저희 화산파는 어쩔 수 없이 모든 정보와 자료를 내놓게 되었습니다."

"크흠!"

"으음!"

혁우린의 말에 담긴 뜻이 무엇인지 잘 알고 있는 나머지 중년인들이 얼굴을 굳혔다. 한 문파의 모든 자료와 정보가 가진 힘과 위험성에 대해 잘 알고 있었기 때문이다. 그들 중 제갈공산이 혁우린에게 고개를 돌리며 말했다.

"저희를 부른 이유가… 용천단 때문입니까?"

"맞습니다."

혁우린은 더 돌려 말하지 않고 고개를 끄덕였다.

"저희 화산파를 시작으로 대문파에 대한 감사가 시작될 겁니다. 그렇게 되면 맹주의 직속기관인 용천단을 통해 혜정은 큰 힘을 얻게 되겠죠."

"무림맹주가 소위 대문파라 불리는 저희 문파들을 압박하기 위해 혈교를 들먹이는 것이라고 생각하는 겁니까?"

"아니라고는 할 수 없겠죠."

제갈공산의 물음에 혁우린은 지체 없이 대답했다. 그러자 나머지 중년인들도 심각해진 얼굴로 서로를 바라봤다.

"우리를 모두 불렀다는 것은 대책을 세우자는 뜻이겠

군."

조용히 상황을 지켜보던 백색머리의 흰수염을 길게 기른 중년인이 입을 열었다.

"맞습니다."

혁우린이 공손히 고개를 숙였다.

오랜 침묵을 깨고 입을 연 백발의 중년인은 지긋한 눈으로 주변을 살피며 말했다.

"다음 감사는 우리 쪽으로 하겠다. 내가 용천단을 부르지."

그의 말에 중년인들이 놀란 듯 눈을 살짝 크게 떴다.

"남궁…세가로 용천단을 부르실 생각이십니까?"

"그래. 내가 용천단을 부르지. 그들이 내 문파로부터 붉은 반점을 찾으려 한다면… 오히려 붉게 물드는 건 그들이 될거다."

자리에서 일어선 백발 중년인의 모습에 모여 있던 중년인들이 함께 자리를 박차고 일어섰다.

* * *

"알겠네."

고개를 살짝 숙이며 떠나가는 한 남자를 돌아보던 미홍이 궁금한 듯 고개를 기웃거렸다.

"저자는 누구입니까?"

"아아. 신경 쓸것 없어. 우리 개방을 위해 소소한 일들을 돕는 자야."

"그렇…군요."

다시 한번 고개를 돌려 멀어져가는 흑의인을 바라보던 미홍. 호남 개방분타의 분타장인 봉담수가 그런 미홍을 향해 다가와 코를 킁킁거렸다.

"어라!? 이놈 보게? 거지 주제에 몸을 씻은 게냐!?"

"다급히 의원에 들어가야 할 일이 있어서 어쩔 수 없었습니다."

"의원? 네가 의원에 갈 일이 무엇이 있느냐? 자고로 거지란……."

길어질게 뻔한 봉담수의 설교를 피해 미홍은 발걸음을 재촉했다. 봉담수는 자신을 무시한 채 지나쳐가는 미홍을 따라오는 듯 했으나, 거지 중 한명이 곡소리를 내며 울기 시작하자 더는 그녀를 쫓지 못하고 신형을 돌렸다.

개방의 분타는 일종의 판자촌과 비슷한 형태를 보이고 있었다. 개방의 거지들은 네 집, 내 집 할것 없이 발길이 닿는 곳에서, 몸을 누인 곳에서 잠을 청했기에 집의 개념이 모호했다.

그나마 부분타장과 분타장의 판잣집만 고유의 주인을 가지고 있었다.

자신의 판잣집으로 들어온 미홍이 바닥에 깔린 짚풀에 몸을 눕히며 수첩을 꺼냈다. 그 안에는 그간 무연과 함께

해오면 겪은 일들이 상세하게 적혀 있었다. 본래라면 오자마자 봉담수에게 넘겨줬어야 하는 정보들이었다.

"뭐… 괜찮겠지."

무연과의 약속이 있었기에 미홍은 수첩을 품속에 갈무리하여 넣고 눈을 감았다.

* * *

"알아왔느냐?"

"녹림채를 단신으로 무릎 꿇린 놈이 있다고 합니다. 게다가 그놈의 인상착의를 보아하니 찾는 놈이 맞는 것 같습니다."

"그래. 그놈은 지금 어디 있지?"

"천일상단에서 이두마차를 타고 하남 쪽으로 향하고 있답니다."

흑의인의 말에 언귀가 인상을 찌푸렸다.

맹으로 복귀하기 전에 무연을 처리해야 하는데, 이미 마차를 타고 호남을 벗어나기 시작한 것이다.

"이런! 좀 더 빨리 움직여야겠군."

언귀가 뒤를 돌아보며 외쳤다.

"움직인다!"

"으어어!"

언귀를 선두로 오십명의 곡마대가 바람처럼 움직이기 시

작했다.

* * *

"여기가 진짜… 태소운이 있는 곳이야?"

담백이 믿기지 않는다는 듯 중얼거리자 설영이 고개를
끄덕였다.

그 역시 믿기지 않는 듯 인상을 살짝 찌푸리고 있었다.

"진짜! 실망했어요!"

담백과 설영의 앞에 위치한 작은 나무집에서 한 사내가
뛰쳐나왔다. 미처 신발도 신지 못하고 맨발로 뛰쳐나온 사
내는 양손으로 머리를 감싼 채 다급히 신형을 이리저리 피
하고 있었다. 그런 사내에게로 여러 집기들이 비수처럼 날
아들었다.

"어떻게! 어떻게 그럴 수가 있어요!"

눈물을 글썽이며 등장한 여인은 집기들을 던지며 울먹였
다. 요리조리 몸을 움직여 집기를 피한 사내가 두손을 마
주잡으며 말했다.

"소소! 정말 미안해! 내가 그러고 싶어서 그런게 아니
라… 정말로 딱 한잔만 하고 돌아오려고 했는데… 나도 모
르게 눈을 떠보니."

"됐어요! 당신에게 정말… 정말… 실망했어요… 꼴도
보기 싫어!"

말을 마친 소소라는 여인이 신형을 홱 돌리며 어디론가 달려가기 시작했다. 사내는 여인을 쫓으려 했지만, 집 앞에서 멀뚱히 서 있는 담백과 설영을 발견하고는 몸을 굳혔다.

"어… 왔어?"

"뭐하시는 겁니까?"

　설영의 물음에 태소운이 머리를 긁적였다. 오랜만의 재회인데 추태를 보인 것 같아 민망했던 것이다.

"여기엔 많은 사연이 담겨 있어……."

"됐고! 신교로 돌아갑시다. 태소운님!"

　단도직입적으로 용건을 말한 담백이 성큼성큼 걸어 태소운의 앞에 섰다. 자신보다 훨씬 큰 담백이 앞으로 다가오자 태소운이 인상을 찡그렸다.

"뭐!? 나를 왜!?"

"주군의 명령입니다. 태소운님을 신교로 복귀시켜 교주직에 임명하라는."

　인상을 잔뜩 찡그리고 있던 태소운의 얼굴이 싸늘하게 변해갔다. 피어오르는 거센 기운에 담백과 설영이 얼굴을 굳혔다. 생각보다 태소운의 신형에서 뿜어져 나오는 기운이 강렬하기도 했지만, 그보다 언뜻 담겨 있는 살기가 그들의 온몸을 압박하기 시작했다.

"그딴 소리를 지껄이고자 이곳에 찾아온 게냐?"

"주군의 명입니다."

짙은 살의에 물러설 법도 하지만 설영과 담백은 단 한걸음도 물러서지 않았다.

"단서연, 그 계집에게 전해! 교주직은 줘도 안 가지니 하고 싶으면 네가 하라고."

"죄송하지만 주군은 신교를 떠났습니다. 다시… 돌아오실지, 안 돌아오실지는 저희도 알 수가 없습니다."

"뭐라고……?"

단서연이 마교를 떠났다는 말에 태소운이 기운을 거두었다.

"신천우를 쳐 죽이고 지존이 되었으면 곱게 교주나 될 것이지… 떠나긴 왜 떠나?"

"알 수 없습니다. 어쨌든 교주직이 현재 공석이고, 언제까지 공석으로 둘 순 없습니다."

쾅—!

태소운이 분에 못 이겨 거칠게 손짓했고, 손에서 뻗어 나온 기운은 옆에 있던 거대한 바위를 박살냈다.

"개같은……."

"아아… 아, 아무리 그래도 그렇지."

"응?"

귓가에 들려오는 여린 여인의 목소리에 태소운이 고개를 획 돌렸다.

고개를 돌린 그곳에는 어느새 돌아온 소소가 겁에 질린 듯 입가를 손으로 가린 채 눈물을 흘리고 있었다.

"제, 제가 그렇게도 싫으신가요!?"

"아, 아니 소소! 이, 이건 오해야."

"흑!"

허공에 흩뿌려진 소소의 눈물이 햇빛에 반사되어 반짝였다.

"소소!"

멀어져가는 여인의 뒷모습에 태소운이 고개를 돌려 설영과 담백을 노려보았다.

"너흰 이따가 보자. 소소!"

소소라는 여인의 뒤를 쫓는 태소운을 보며 담백이 고개를 저었다.

"저런 놈이 교주가 된다고?"

"주군의… 뜻이다."

단 한번도 주군인 단서연의 명에 토를 달거나 의문을 품어본 적이 없었던 설영조차 여인의 뒤꽁무니를 쫓는 태소운을 보며 한숨을 내쉬었다.

"후우……."

세상을 담을 기운

 작은 나무집 안에 세명의 남자와 한명의 여인이 앉아 있
었다.

 "여기, 차예요. 맛이 있을지는 모르겠지만 대접할 게 마
땅치 않아서……."

 "감사합니다."

 소소라는 여인이 건넨 찻잔을 받은 담백과 설영은 찻잔
을 들어 입술을 살짝 적실 정도로만 차를 마시고 잔을 내
려놓았다.

 "그래… 서연이의 명령이 있었다는 거지?"

 "서연?"

태소운의 앞에 놓인 잔에 차를 따라주던 소소의 눈이 매섭게 빛나자 태소운이 급히 손을 저었다.

"아, 소소! 서연은 내 여동생 같은 녀석이야. 절대 네가 생각하는 그런거 아니야."

"알았어요."

아직 화가 덜 풀린 건지 소소의 매서운 눈빛은 좀처럼 풀어질 기미가 보이지 않았다. 오묘하기 그지없는 사내와 여인의 관계를 지켜보던 담백이 못마땅한 표정을 지었다.

그도 그럴 것이 마교의 교주가 될지도 모르는 사내가 외진 곳에 위치한 나무집에서 수수한 외모의 평범하기 짝이 없는 여인에게 쩔쩔 메고 있었으니.

"주군께선 자신보다 태소운님이 교주를 맡으시는 게 나을 거라고 생각하신 것 같습니다."

"하아… 그냥 아무나 교주로 올리면 안 돼?"

귀찮다는 듯한 태소운의 물음에 담백과 설영이 동시에 인상을 구기며 말했다.

"안 됩니다."

"안 됩니다!"

그들의 단호한 태도에 울상을 지은 태소운이 짤막히 중얼거렸다.

"역시 안 되는군."

"교주의 자리가 어떤 의미를 지니는지는 태소운님도 잘 알고 계시지 않습니까?"

설영의 말에 태소운은 마지못해 고개를 끄덕였다.

비록 경쟁도 싫고 강함에 대한 열망도 없어 마교를 뛰쳐나오긴 했으나, 그 역시 마교인. 마교에서 교주가 지니는 의미와 중요성을 모를 리가 없었다.

그러니 단서연이 다른 사람도 아닌 자신에게 교주직을 맡긴 것도 어느 정도 이해는 할 수 있었다.

"교주라니 무슨 말씀이세요?"

가만히 설영과 태소운의 대화를 듣고 앉아 있던 소소가 궁금하다는 듯 물었다. 태소운은 난처한 듯 볼을 긁적였다.

"어… 음. 내 고향에선 촌장을 교주라 불렀거든. 그런데 촌장을 할 만한 사람이 없어서 나를 찾아왔다는 거야."

쨍ㅡ!

소소의 손에 들려 있던 다관이 바닥에 떨어져 산산조각 났다. 갑작스럽게 귓가를 찌르듯 들려오는 아찔한 소음에 세 명의 남자가 고개를 돌렸다. 그곳에 앉아 있던 소소는 눈물을 글썽이고 있었다.

"그, 그럼… 혹시 이제 떠나시는 건가요?"

"아니야, 소소! 내가 널 왜 떠나?"

"하, 하지만……."

다급하게 소소에게 다가간 태소운이 손을 들어 그녀의 양 어깨를 감싸 쥐었다.

"걱정마. 우린 계속 함께할 테니까."

"정말인가요?"

"그럼!"

서로를 뜨거운 눈빛으로 바라보는 태소운과 소소. 둘을 번갈아 바라보던 담백이 깊은 한숨을 내쉬며 창가로 시선을 돌렸다.

지금 당장 태소운을 데려가 교주 자리에 앉혀도 모자랄 판에 사랑 놀음이나 하고 있는 모습이 영 마음에 들지 않았다. 그리고 문득 소소의 울먹임을 듣고 있자니 한 여인의 모습이 떠올랐다.

'잘 있으려나…….'

담백의 머릿속에 떠오른 여인은 청초한 외모에 밝은 미소를 가지고 있었다. 한가장의 여식이자, 오음절맥에 의해 죽음을 눈앞에 두고 있던 여인. 그럼에도 긍정적이고 밝은 모습을 유지하던 강한 마음의 소유자.

한소진.

"잘 있으려나."

속으로 말하던 것을 입으로 되뇌이자 옆에 있던 설영이 고개를 돌려 물었다.

"주군을 말하는 것이냐?"

"으, 응. 그렇지! 당연히 주군이지! 내가 주군 말고 떠올릴 사람이 누가 있겠어!"

눈에 띄게 당황하는 담백의 모습에 설영은 뭐라 대꾸하지 않은 채 고개를 돌렸다. 담백이 단서연을 떠올린 것이

아니란 것쯤은 설영도 잘 알고 있었다. 그 역시 소소와 태소운을 보면서 한 여인을 떠올렸기 때문이다.

'치료는 성공적이었다. 만약 담백이 가져온 것이 구엽자지선란실이 맞다면 목숨을 부지하고 지금쯤… 건강을 되찾았겠지.'

맑은 미소와 밝은 얼굴로 웃던 한소진의 모습을 떠올리던 설영이 고개를 살짝 저으며 머릿속에서 한소진을 지웠다. 이제는 볼일 없는 여인이었다.

"소소도 함께… 갈래?"

"네… 소운님의 고향이라면… 아니, 소운님이 가시는 곳이라면 어디든…….."

태소운이 망설이며 묻자 소소는 망설임 없이 대답했다.

그가 어디를 가든 소소는 목숨을 걸고 따라갈 용의가 있었다.

"정말로 함께 가실 겁니까?"

태소운의 옆에 찰싹 달라붙어 있는 소소를 보며 담백이 못마땅한 듯 묻자 태소운이 찡그린 얼굴로 말했다.

"소소가 가지 않으면 나도 안 가."

"에휴… 알겠습니다. 어쨌든 돌아가면 교주직을 승낙하셔야 합니다."

"생각해보고."

"아니… 하아… 아닙니다. 일단 가시죠."

담백은 태소운을 모시기 위해 마련한 마차에 태소운과 소소를 태웠다. 그리곤 마부석에 앉으며, 말을 채찍질하기 시작했다.

  히이잉—!

  엉덩이에 채찍을 맞은 말들이 앞으로 내달렸다.

  평소보다 강도가 더욱 강한 탓에 말들이 불만 어린 표정으로 뒤를 돌아보자 담백이 성을 내며 외쳤다.

  "이놈들이! 뭘 봐!?"

  히이잉!

  울음을 토해낸 말들은 거친 투레질을 하며 내달렸다.

  "저놈의 말들이 더위를 처먹었나."

  가뜩이나 태소운의 행동들이 마음에 들지 않아 성이 난 상태였는데, 말들마저 자신을 무시하듯 투레질을 해대자 담백은 화가 났다. 그는 채찍을 들어 말들의 엉덩이를 때리기 시작했다.

  "이놈들아! 궁둥이를 맞아야! 정신을 차리지!"

  죄 없는 말들의 볼기짝이 통통 불을 때까지 이어지던 담백의 채찍질은 말들이 불쌍하다는 소소의 중얼거림을 들은 태소운이 담백을 저지할 때까지 이어졌다.

  * * *

  다그닥—!

다그닥!

이두마차가 천천히 하남을 향해 나아가고 있었다.

"흐음. 저놈인가?"

언귀는 쉬지 않고 호남과 하남으로 이어지는 길목을 내달렸다. 그러다 여유로 가득찬 두 마리의 말들이 이끄는 마차를 발견했다.

보아하니 마부의 모습은 보이지 않았고, 마차 내부에도 인기척은 느껴지지 않았다.

"설마… 도망친 건가?"

개방에서 정보가 새어나와 무연의 귓가에 들어갔다면 충분히 그가 모습을 피할 수 있었다.

이두마차는 그대로 달리게 둔 뒤 다른 곳으로 몸을 피했다면? 생각을 마친 언귀는 재빨리 마차를 향해 손짓했다. 그러자 두명의 곡마대 무인이 마차에 다가갔다.

'이성이 없는 놈들이라 기척을 숨기질 못하는군.'

대놓고 인기척을 내며 마차를 향해 다가가는 곡마대 무인들을 보며 언귀가 미간을 좁혔다.

천문학적인 비용을 들여 만든 곡마대의 무인은 두려움이나 고통을 모르고, 살아 있되 살아 있지 않은 자들이었다.

과거 무소월의 공포스러운 무위에 겁먹은 채 달아난 혈교의 무인들을 보고, 그들의 단점을 보완하기 위해 만들어진 자들이었다.

두명의 곡마대 무인이 마차에 다가가 창문을 향해 고개

를 가까이 가져다 댔다.

"으어어어!"

누군가 있다는 듯 괴성을 흘리는 곡마대 무인을 보며 언귀가 눈을 빛냈다.

"옳거니! 아직 몸을 피하지 못한 모양이구나. 이대로 달려들……."

콰앙—!

마차의 문이 산산조각 나며, 그곳에 붙어 있던 곡마대 무인이 뒤로 튕겨나가 나무에 부딪친 후 바닥에 고꾸라졌다. 고통도 두려움도 모르는 곡마대의 무인이 바닥에 고개를 처박고 더 이상 일어서지 못했다. 언귀는 표정을 굳혔다.

'단 한수에 곡마대원을 죽여?'

"키에에에!"

옆에 있던 동료가 죽은 탓일까, 근처에 있던 다른 곡마대원이 마차 안으로 매섭게 몸을 날렸다.

마차 안으로 들어간 곡마대원을 본 언귀가 숨을 죽이고 귀를 쫑긋 세웠다. 하지만 시간이 지나도 마차 안에서는 아무런 소음도 들려오지 않았다.

들려오는 건 놀란 말들의 거친 투레질 소리뿐이었다.

"대체 왜 안 나오는 거야?"

무연이란 놈도, 곡마대원도 모습을 드러내거나 아무런 소리를 내지 않자 답답해진 언귀가 마차를 향해 다가갔다. 그리고 그의 뒤로 마흔여덟명의 곡마대원이 뒤를 따르기

시작했다.

그때였다.

털석—!

한 명의 신형이 마차 밖으로 떨어져 나왔다.

회색 무복을 입은 곡마대원이었는데, 마차 안에서 무슨 일이 있었는지 그의 관절은 꺾일 수 없는 방향으로 꺾인 상태였다. 또한 목은 한 바퀴 돌아갔는지 머리와 등이 맞닿아 있었다.

"마교에서 보냈을 리는 없고. 혈교인가?"

부서진 마차의 틈사이로 모습을 드러낸 무연이 저 멀리서 다가오는 언귀를 향해 물었다.

"네놈이 무연인가?"

"알고 찾아왔을 텐데."

마차에서 내린 무연이 가볍게 손짓하자 마차와 말을 묶고 있던 끈이 잘려나갔다. 눈에 보이지도 않을 만큼 예리한 기운이 말을 묶고 있던 끈을 잘라낸 것이다.

마차에서 해방된 말들이 자유를 찾아 내달려 가는 모습을 보던 언귀가 무연을 노려보았다.

"네놈… 용케도 혈교를 상대로 장난질을 쳐놨더구나."

"내가 조기영을 죽일 때 한 가지 약조한 것이 있지."

언귀의 말을 무시한 채 양 손목을 꺾으며 앞으로 나아가기 시작한 무연이 싸늘하게 말했다.

"그놈의 벗들을 한 명씩 보내주겠다고. 외롭지 않게 말이야.”

“네놈이… 감히… 혈교의… 흡!”

성난 목소리로 말을 하던 언귀가 급히 양손을 들며 뒤로 물러섰다.

쾅!

방금까지만 해도 언귀가 서 있던 지대가 움푹 들어갔다. 그게 끝이 아니었는지 무연의 발끝에서 발생한 충격파가 길게 뻗어지며 언귀를 덮쳤다.

“크윽!”

내력의 폭발로 인해 생겨난 충격파가 온몸을 때린 탓에 인상을 잔뜩 찌푸린 언귀가 급히 손짓했다.

“저놈을 죽여!”

“으어어!”

마흔여덟명의 곡마대원들이 괴성을 지르며 무연에게 달려들기 시작했다. 회색 무복을 입고 얼굴은 천으로 가린 곡마대원들은 자줏빛으로 물든 손을 뻗으며 날아들었다.

“극독인가.”

곡마대원들의 손에서 느껴지는 강렬한 독기에 얼굴을 굳힌 무연이 뒤로 살짝 물러서며 양손에 내력을 모았다.

곧 양손에서 은빛 기류가 모이더니 회전하기 시작했다.

고오오오—!

빠른 속도로 회전하기 시작한 은빛 기류는 두개의 회오리를 만들어냈다. 뒤로 물러섰던 무연이 빠르게 앞으로 튀

284

어나갔다.

"세걸음."

무장나선의 세번째 걸음이 시작되었다.

콰가가가강—!!

네명의 곡마대원이 무연의 양손에 의해 몸이 꿰뚫린 채
쓰러졌다.

거대한 이빨에 물어뜯긴 듯 몸의 반절을 잃어버린 곡마
대원들은 비명조차 지르지 못한 채 픽— 픽 쓰러졌다.

마흔여덟명의 곡마대원들은 쉴 새 없이 무연을 향해 달
려들며 양손을 내질렀지만, 누구의 손도 무연의 몸에 닿지
않았다.

"흐읍!"

목을 향해 찔러오는 곡마대원의 손을 고개를 꺾어 피한
무연. 그는 곧 오른손을 뻗어 곡마대원의 어깨를 잡아 박
살내고, 왼손을 뻗어 신형이 꺾인 곡마대원의 목을 잡아
꺾었다.

우득—!

목이 부러져 죽은 곡마대원을 짐짝처럼 내던진 무연이
고개를 돌려 언귀를 바라봤다.

'길어져봤자 좋을것 없다.'

녹림채와의 싸움에서 알 수 있듯 싸움이 길어지면 불리
했다.

"네걸음."

무연의 신형이 더욱 빨라지더니 이내 감쪽같이 사라졌다. 순식간에 자취를 감춘 무연의 모습에 언귀가 사색이 된 얼굴로 뒤로 물러섰다.

"미, 미친놈!"

두려움도 고통도 느끼지 못하고, 양손에는 범이나 흑웅도 단 한수에 죽일 수 있는 극독을 두른 자들이 바로 곡마대원이었다.

그런 그들이 썩은 나무처럼 픽— 픽— 쓰러져나갈 줄은 상상도 못한 언귀였다. 그는 허리춤에서 비도를 꺼내며 뒤로 물러섰다.

"나, 나를 지켜라!"

언귀의 외침에 서른명밖에 남지 않은 곡마대원들이 언귀를 에워쌌다.

우드드득—!

세 곡마대원의 목이 기괴하게 꺾이며 쓰러지자 언귀가 손에 쥐고 있던 비도를 재빠르게 날렸다.

그러나 이미 자취를 감춘 무연 탓에 날아간 비도는 애꿎은 나무에 박혀 들어갔다. 다시금 질풍처럼 나타난 무연이 오른다리를 휘둘러 차자, 그에 맞은 곡마대원이 허리를 활처럼 휘며 멀찍이 날아가 바닥에 처박혔다.

"이놈!"

"다섯번째."

턱—!

더 이상 커질 수 없을 만큼 눈을 크게 치켜뜬 언귀가 몸을 부르르 떨었다. 번개처럼 나타난 무연의 오른손이 그의 목을 움켜쥔 것이다.

"커… 커억!"

"내 위치는 어떻게 알았지?"

무연의 손에 언귀의 목이 잡히자 곡마대원들이 괴성을 지르며 달려들기 시작했다.

꾸욱―!

"커억! 오, 오지마!"

곡마대원들이 가까이 오자 무연이 손아귀에 힘을 더했다. 이를 알아차린 언귀가 급히 곡마대원들을 물렸다.

그러자 달려들던 곡마대원들이 자리에 멈춰 서서 무연을 노려보기만 할 뿐, 다가오지 못했다.

"두번 묻지 않는다."

"어, 어차피 알려줘봤자… 날 죽일 거잖아!"

"개방의 호남분타인가?"

기습적으로 들어오는 무연의 물음에 언귀가 말을 멈추었다. 하지만 자신의 실수를 바로 깨달은 언귀는 재빠르게 대답했다.

"마음대로 생각해라! 어차피 네놈은 곧 죽을 목숨이니… 게다가 여기서 나를 죽이면 곡마대원이 너를 가만히 둘…….."

우득―!

생기를 잃은 언귀의 두팔과 다리가 축 늘어졌다. 그의 목을 비틀어버린 것이다. 언귀가 죽은 사실을 깨달은 곡마대원들이 괴성을 지르며 무연을 향해 달려들었다.

'슬슬 몸에 부담이 생기기 시작했다.'

삼할밖에 남지 않은 내력으로 무장나선의 기운을 운용하다 보니 몸이 붕괴되는 속도가 점점 빨라지고 있었다.

'아직, 완성된 것은 아니지만……'

언귀의 시체를 대충 바닥에 떨어뜨린 무연이 뒤를 돌아보았다. 그곳은 괴성을 지르며 달려드는 곡마대원들로 가득했다. 바로 앞까지 다가온 곡마대원이 푸르게 변한 오른손으로 무연의 가슴을 찔렀다.

다른 곳에서는 목을, 허리를, 허벅지를 노렸다.

사방에서 쇄도해오는 곡마대원들을 무심한 눈으로 바라보던 무연이 양손을 굳게 말아 쥐었다.

* * *

"미홍아."

"뭡니까?"

미홍의 퉁명스러운 대답에 봉담수가 상처를 받았는지 울상을 지으며 말했다.

"이래봬도 내가 너보다 직급이 높은 분타장인데, 너무한 거 아니냐?"

"왜 부르신 겁니까, 분타장님?"

딱딱하기 그지없는 미홍의 말에 봉담수가 됐다며 손사래를 쳤다.

"딴건 아니고, 이번에 네가 무연이라는 용천단주를 만나지 않았느냐?"

"그랬습니다."

"며칠간 그자와 함께 지냈다던데… 혹시 뭐 내게 말해줄건 없느냐?"

봉담수의 은근한 어조에 미홍은 단호하게 고개를 저었다.

"없습니다."

없다는 말에 봉담수의 눈이 미홍의 두 눈동자를 바라봤다. 평소와는 다르게 이질적인 기운이 가득한 봉담수의 눈빛에 불편함을 느낀 그녀는 저도 모르게 고개를 돌렸다.

"뭐 숨기는 거 있지?"

"후우. 없습니다. 제 성격 알고 계시지 않습니까?"

"하긴……."

단 한번도 일처리에 대해서는 숨김이나 가감 없는 미홍의 태도를 알고 있었기에 봉담수는 고개를 끄덕였다.

"그래. 뭐 없다니 됐다."

"가보겠습니다."

"그래."

봉담수에게 고개를 살짝 숙인 미홍이 자리를 피해 자신

의 판잣집으로 돌아왔다.

짚풀로 만든 침대에 몸을 눕힌 그녀는 자신도 모르게 떨려오는 몸을 양손으로 부여잡았다.

"어째서……."

이상했다. 오랜 기간 동안 봉담수의 밑에서 일을 해왔다. 하지만 단 한번도 방금과 같은 위화감과 이질감을 느껴본 적이 없었다.

그는 항상 쾌활했고, 분타장이면서도 가볍고 장난스러운 행동들을 많이 보여주었다.

그랬기에 호남분타는 계급에 상관없이 자유롭고 즐거운 분위기를 유지했는데…….

지금만큼은 봉담수가 무섭게 느껴졌다.

"미홍이 뭔가 숨기고 있는 것 같은데… 드러내질 않는구나."

봉담수의 중얼거림에 옆에 있던 거지가 눈을 빛냈다.

"어떻게 할까요?"

"흐음… 미홍이 항상 들고 다니는 수첩이 있을 거야. 그걸 가져와."

"만약, 미홍이 반항하면 어쩌죠?"

얼굴에 화상자국이 있는 거지의 물음에 봉담수가 웃으며 말했다.

"그럼 뭐… 새 부분타장을 뽑아야지. 개방은 정보의 숨

김이나 가감이 있어서는 안 된다. 헌데 부분타장이 개방의
신조를 어겼으니… 그에 합당한 벌을 내려야지.”

“알겠습니다.”

* * *

“카악……!”

마지막 곡마대원이 힘없이 쓰러졌다.

“후우… 후욱!”

양손이 쉴 새 없이 떨려오자 무연이 이를 막으려 호흡을
가다듬었다. 온몸의 내력이 미친 듯이 날뛰고 있었고, 세
상이 커졌다 작아졌다를 반복하고 있었다.

나비의 날갯짓 소리는 들리지 않을 만큼 미세해졌다가
벼락이 친 것처럼 거대하게 변해 무연의 귓가를 때렸다.

“후우!”

그의 몸을 스치는 바람은 한여름에 고된 농사일로 지친
농부의 땀을 식혀주는 상쾌한 바람이 되었다가도, 별안간
거칠게 몰아치는 폭풍이 되어 온몸을 난자했다.

처음 겪는 세상의 변화에 인상을 찌푸렸다.

“후!”

마지막 호흡을 내뱉었다.

그러자 변화무쌍하게 변해가던 세상이 일순간에 조용해
졌고, 어느새 원래의 모습을 되찾았다.

"말도 안 되는… 기운이군."

파르르 떨리는 양손을 들어 내려다본 무연이 주변을 돌아보았다. 분명 방금까지만 해도 이곳은 산으로 뒤덮인 산길이었다. 그런데 지금은 평평한 평지가 되어 있었다.

주변에는 온몸이 박살나고 찢겨진 곡마대원들의 시체가 즐비해 있었고, 뽑혀나간 나무들이 여기저기에 널브러져 있었다.

"기운을… 정돈할… 필요가 있어."

무연은 좌우로 비틀거리는 몸을 간신히 다잡으며 하남을 향해 걸어가기 시작했다.

＊　＊　＊

"다행이에요. 화산파에서 혈교의 흔적을 찾아볼 수 없어서."

한시름 났다는 듯 작은 한숨과 함께 밝게 미소짓는 백아연이었다. 그에 화설중이 고개를 위 아래로 힘차게 끄덕였다.

"역시, 백 소저는 얼굴만 아름다우신 것이 아니라 마음씨도 아름다우시군요!"

노골적인 화설중의 말투와 눈빛에 백아연이 민망한 듯 웃자 옆에서 걷고 있던 화설이 재빠르게 손을 휘둘렀다.

퍽―!

"악!"

불시의 일격을 맞은 화설중의 몸이 휘청였다.

화설이 어찌나 강하게 때렸는지, 한 덩치 하는 화설중이 몸을 비틀거리기 시작했다.

"설아!"

"어휴. 죄송해요. 제 모자란 오라버니가 추태를 보였네요. 제가 대신 사과할게요."

"아니에요."

화설중과 화설의 곁에서 밝은 미소를 띠며 걸어가는 백아연을 뒤에서 바라보던 백하언이 멋쩍은 표정을 지었다. 분명 백아연보다 자신이 더 매력적이고 아름답다고 생각했는데, 항상 사람들은 백아연의 주변에 모였다.

예전부터 지금까지, 백아연은 어딜 가든 사랑을 받았고 자신은 무관심 속에 놓였다.

예쁘다는 얘기는 많이 들었다. 사실이었으니까.

하지만 그뿐이었다. 그 이상의 관심은 가지지 못했다.

남자들은 어떻게 해볼까 하는 눈빛으로 그녀에게 접근했다. 백하언 자체를 보고서가 아니었다.

그저 예쁘고 늘씬한 몸매를 보고 다가왔을 뿐.

"화산파를 거쳤으니 다른 문파들도 감사를 하러 가겠죠?"

장현의 목소리에 백하언이 고개를 옆으로 돌렸다.

그곳에 장현이 백하언의 속도를 맞춰 걷고 있었다.

"그, 그렇지."

백하언이 고개를 홱 돌렸다. 그러자 더 이상 장현의 목소리가 들리지 않았다.

불안해진 백하언이 다시 고개를 돌렸다.

"왜요?"

더욱 가까이 다가온 장현의 모습에 백하언이 놀라며 고개를 다시 돌렸다.

"아, 아니야."

혹시나 자신의 곁을 떠난 것은 아닐까, 다른 사람들처럼 백아연의 곁으로 간건 아닐까, 하고 불안한 마음에 옆을 돌아본 것이다. 그런데 장현은 그녀의 옆을 지키고 서 있었다. 아니, 오히려 더 가까워진 곳에서 걷고 있었다.

당황함과 민망함을 동시에 겪고 있는 백하언을 지켜보던 백건이 묘한 표정을 지었다.

"뭐냐, 그 표정은?"

귓가를 울리는 이범의 목소리에 백건이 얼굴을 굳히다 못해 구겼다.

"말 걸지 마라."

"하!? 그럼 음흉한 표정을 짓고 있지 말던가."

"누가 음흉한 표정을 지었다는 거야?"

백건과 이범이 서로를 노려보기 시작했다.

뒤이어 티격태격하기 시작하는 백건과 이범을 뒤에서 바라보던 장혁이 고개를 저으며 말했다.

"어휴. 저 둘은 왜 항상 저 모양인지."

"그래도, 사이가 좋아 보이지 않소?"

우윤섭의 말에 장혁이 그게 무슨 소리냐는 듯 인상을 찌푸렸다.

"저게 좋은 거라고요?"

"붙임성이 없어 자칫하면 혼자가 될 서로에게 항상 궂은 말이라도 걸어주어 함께 하지 않소?"

"뭐… 하긴 듣고 보니 또 그런 것 같네요."

팔짱을 끼고 고개를 끄덕인 장혁이 고개를 돌려 이번엔 장현을 바라봤다. 항상 자신과 함께 하던 그가 요즘 들어 백하언의 곁에서만 맴돌았다.

배신감을 느끼거나 하는 것은 아니었지만, 성격이 더러운 걸로 유명한 백하언의 곁으로 자꾸 향하는 이유가 궁금했다.

"흠. 이유가 있겠지."

어깨를 으쓱인 장현을 마지막으로 천소단원과 용천단원들이 무림맹을 향해 걷기 시작했다.

〈다음 권에 계속〉

어울림 BOOKS
신인 작가 대모집!

어울림 출판사는 무한한 상상력과 뜨거운 열정을 가진 작가 여러분을 기다리고 있습니다.
창작에 대한 열의가 위대한 작품으로 꽃피울 수 있도록 저희 어울림 출판사가 여러분의 힘이 돼 드리겠습니다.

지금 도전하십시오!

모집 분야 : 판타지, 역사, 무협, 로맨스 등
모집 대상 : 아마추어, 인터넷 작가등 열정을 가진 모든 작가
모집 기한 : 수시 모집
작품 접수 방법 : 당사 네이버 카페 또는 이메일을 이용해 주십시오.

파일 형식은 제한이 없으나 원활한 원고 검토를 위해 '.HWP' 형식으로 보내주시고, 파일에 연락처도 함께 기재해주시면 됩니다.

채택된 작품은 정식 계약을 통해 출판물로 간행됩니다.
간행된 출판물은 당사의 유통망을 이용하여 전국 서점으로 배포됩니다.
※ 문의 사항은 **네이버 카페**(http://cafe.naver.com/oulim0120)를 이용하시기 바랍니다.

경기도 고양시 일산동구 장항동 731 동하넥서스빌딩 307호
어울림 출판사 신인 작가 담당자 앞
전화 031) 919-0122 / **E-mail** 5ullim@daum.net